이사

OHIKKOSHI
ⓒYukiko Mari 2015

First published in Japan in 2015 by KADOKAWA CORPORATION, Tokyo.
Korean translation rights arranged with KADOKAWA CORPORATION, Tokyo
through Shinwon Agency Co., Seoul.

이사
お引っ越し

마리 유키코 지음
김은모 옮김

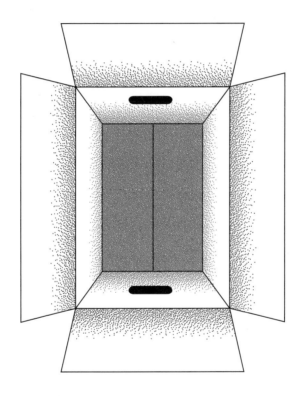

작가
정신

차례

문

1

이 구멍은 뭘까.

기요코는 어깨에 멘 토트백을 내려 팔에 걸고 그 작은 구멍을
들여다보았다.

압정을 꽂은 자국인가?

맞다. 크기로 봐서는 압정 침이다.

"왜 그러십니까?"

그 말에 놀라 기요코의 어깨는 필요 이상으로 굳어버렸다.

"네?"

목소리까지 뒤집어진다. 장난치다 들킨 어린아이처럼 기요코는 쭈뼛쭈뼛 그쪽으로 몸을 돌렸다.

몸집이 왜소한 남자가 서 있었다. 자신과 키가 비슷하지 않을까? 어쩌면 조금 작을지도 모른다. 하지만 머리가 크고 야성적으로 생긴 데다 수염도 짙다. 목 언저리까지 면도한 자국이 푸르스름하게 남아 있었다. 이런 인상인 개그맨이 있었는데, 누구였더라……. 방금 전부터 계속 생각해내려고 끙끙댔지만, 도무지 떠오르지 않았다.

남자의 이름은 아오시마. 15분쯤 전에 처음으로 대면한 사이다.

"어떠세요? 이 집은."

아오시마 씨가 자랑스러운 듯 콧방울을 부풀린다. 코에서 쑥 삐져나온 코털이 아까부터 너무 거슬렸다. 숨을 쉴 때마다 살랑살랑 흔들리는 꼴이 우스꽝스러운 걸 넘어서 약간 기분 나빴다.

"이 집 어떠세요?" 아오시마 씨가 끈덕지게 되묻는다.

"어, 뭐. ……괜찮은 것 같네요."

"그렇죠? 준공된 지 4년밖에 안 됐고, 볕도 잘 듭니다. 무엇보다 집세가 적당해요. 뭐, 역에서는 조금 먼 감이 있습니다만."

아오시마 씨가 유창하게 말한다. 말만 들어보면 수완 있는 부동산업체 직원이나 세일즈맨 같지만, 둘 다 아니다. 그는 이 맨션의 관리인이다.

간단하게 설명하자면 이렇다.

어제 토요일, 기요코는 부동산업체의 젊은 남자와 함께 집을 몇 군데 보러 다녔지만 즉시 계약할 만큼 마음에 쏙 드는 집은 없었다. 그렇다고 이것저것 따지고 잴 여유도 없어 속으로 점찍어둔 몇 곳을 다시 둘러보기로 했다. 6월이라 성수기가 지났다고는 하나, 부동산업체도 주말은 대목이다. 고객 한 명에게만 살뜰히 붙어 다닐 수는 없는 노릇이라 기요코 혼자 집을 보러 다니게 된 것이다.

"준공 5년차라⋯⋯." 기요코는 말꼬리를 흐렸다.

"네, 그렇습니다. 5년차." 하지만 아오시마 씨는 자랑스럽게 말했다. "정확하게는 4년 하고 2개월이지만요."

"4년 하고 2개월⋯⋯."

"전에 살던 분이 아주 꼼꼼하고 바지런한 분이셔서. 보세요, 집도 깨끗하죠?"

"네, 그러네요⋯⋯." 하지만 구멍이. 구멍이 뚫려 있다.

"여기는 압정이나 못을 박아도 괜찮나요?" 기요코가 물었다.

"압정? 못? 안 되죠, 그건 안 됩니다." 아오시마 씨는 과장되게 고개를 내저었다. "가령 박았더라도 퇴거할 때 수선비를 내야 해요."

"그럼, 수선은 아직 안 된 건가요?"

"네? 왜요?"

"그게, 여기 구멍이."

기요코는 구멍을 가리켰다.

하얀 벽에 작은 구멍이 하나. 딱 눈높이다. 멀리서는 못 보고 지나칠 만큼 작지만, 일단 보고 나면 자꾸 눈길이 간다.

"아이고, ……정말이네요."

겸연쩍은 듯 아오시마 씨의 얼굴이 붉어졌다.

그리고 오른손 검지를 빙글 돌려대며 구멍을 문질러보더니 말했다. "뭐, 이 정도라면 금방 때울 수 있습니다. 별거 아니에요."

확실히 그럴 것이다. 이 정도 구멍이라면 시판되는 충전재를 사서 직접 수선할 수 있는 수준이다. 하지만 문제는 그게 아니다.

"전에는 어떤 분이 사셨나요?" 기요코가 물었다.

"네?" 아오시마 씨의 코털이 한순간 콧속으로 빨려 들어갔다.

"실은 신축을 희망하거든요."

"그러세요? 여기도 신축이나 마찬가지인데요. 환풍기도, 위생 설비도 전부 새것처럼 깨끗하잖습니까?"

"아니요, 깨끗하다거나 더럽다거나 그런 문제가 아니라요. 전에 어떤 사람이 살았는지가 문제라고요."

"왜요?"

아오시마 씨의 코털이 쑥 튀어나왔다. "왜 전에 살던 사람이 문제인가요?"

처음 만난 사람에게 말해줄 의무는 없었지만 딱히 숨길 일도 아니다. 아오시마 씨의 재촉에 떠밀리듯 기요코는 대답했다.

"지금 살고 있는 집은 준공 10년 차에 계약했어요. 역에서도 가깝고, 집 구조도 마음에 쏙 들고, 무엇보다 집세가 싸서 계약했더니만…… 그 집, 사고물건(고독사, 자살, 살인 등 입주자가 사망하는 사건 사고가 일어난 건물―옮긴이)이더라고요."

"사고물건요? 자살이나 살인사건의 현장 같은? 그런데 부동산 업체에서 아무 설명도 없었습니까? 그런 사고가 일어난 물건은 원칙적으로 계약 전에 고지할 의무가 있는데요."

"그게, 실제로 일이 터진 현장은 아닌데." 기요코는 호흡을 한 번 가다듬은 후 말을 이었다. "살인범이 살았던 집이었어요."

"아아, 그렇군요." 아오시마 씨는 복잡한 표정으로 팔짱을 꼈다. "그건 엄밀하게 따지면 사고물건이라고 할 수는 없겠네요. 그래서 부동산업체도 사전에 설명하지 않았겠죠. ……그런데 살인범이 살았던 건 어떻게 아셨어요?"

기요코는 토트백을 다른 쪽 어깨로 바꿔 멨다.

"전에 살던 사람 앞으로 우편물이 몇 통 왔어요. 호기심이 생겨서 이름을 인터넷에 검색해봤더니, 같은 이름의 살인범이……."

"아아, 인터넷으로요. 하지만 동명이인일 수도 있잖습니까?"

"저도 처음에는 그렇게 생각했는데, 당시 뉴스 기사에 네리마구 A초에 거주하는…… 이라고 나왔거든요."

"네리마구 A초에 사세요? 그럼 세이부선 K역 근처군요."

"네? ……네, K역에서 가까워요."

"저는 그 옆의 O역 근처입니다."

"아, 그러시군요."

"오늘 아침에 사고로 사람이 죽었는데…… 모르세요?"

"네? ……네."

"마침 전철을 타고 가는 중이었어요. K역에서 특급열차를 먼저 보내느라 잠시 정차해 있었죠. 2, 3분쯤 기다리면 돼요. 평소에는 맞은편 플랫폼에 특급이 지나가고 나면 1분 후에 출발하죠. 그런데 오늘 아침은 지나가야 할 특급이 플랫폼에 긴급 정차 하더군요."

"네……."

"바로 무슨 일이 났구나 싶었죠. 원래는 급행조차 멈추지 않는 역이니까요(일본의 열차는 특급, 급행, 쾌속, 준급, 보통 순서로 정차역이 많아진다—옮긴이).

"네……."

"곧 '사고가 났다'라는 목소리가 여기저기서 들려오더군요. 그러자 열차 안에 있던 사람들이 차례차례 내리더니, 특급열차 앞쪽으로 줄줄이 몰려갔어요."

"네……."

"물론 저도 갔습니다. ……그러면 안 되는데. 평소 남이 불행에 처한 꼴을 보고 즐기는 구경꾼들을 괘씸하게 여겼지만, 막상 그런 상황에 처하자 호기심을 억누를 수가 없더군요. 아니, 호기심이라기보다는 본능이죠. 인간은 무리를 따르도록 되어 있습니다. 네,

본능이에요. 그러니 어쩔 수 없었습니다."

"……네."

"하지만 지금은 그걸 왜 봤나 후회막심이에요. 한동안 고기 먹기는 글렀습니다."

"……시체를 보신 거예요?"

"정확하게 말하자면 시체는 아니었어요. 제가 봤을 때는 아직 숨이 붙어 있었거든요. 하지만…… 머리는 질척질척, 팔다리는 찢겨 나가서 너덜너덜. ……뭐, 살기는 그른 상태였죠."

아오시마 씨의 설명은 묘하게 실감 났다. 기요코는 마치 그 장면을 실제로 본 것처럼 몸을 부르르 떨었다.

"정말이지 아침 댓바람부터 끔찍한 광경을 보고 말았습니다. ……여자였어요. 아마도 젊은 여자. 구두가 널브러져 있었는데, 젊은 사람이 신고 다닐 법한 하이힐이었어요. ……그래요, 딱 저런 느낌의."

아오시마 씨가 현관에 있는 하이힐을 가리켰다. 기요코의 신발이다.

"분명 저렇게 굽이 높은 구두를 신은 탓에 균형을 잃은 거겠죠."

"사고였나요?"

"네, 사고였습니다."

"철도에서 인신사고가 났다고 하면 왠지 자살이라는 이미지가 있어서요."

"뭐, 자살은 아닐 거예요. 한 중년 여자가 자초지종을 목격했는지 역무원에게 흥분된 기색으로 떠들어댔는데, 죽은 여자는 플랫폼 가장자리에 서서 스마트폰을 보고 있었답니다. 귀에는 이어폰을 끼고요. 그래서 주변의 소리가 들리지 않았겠죠. 게다가 어깨에 무거워 보이는 가방까지 메고 안전선 너머를 슬렁슬렁 돌아다녔다지 뭡니까. 그때 특급이 플랫폼으로 들어와서……. 그래서 균형을 잃은 거겠죠. 순식간에 빨려 들어가듯이 플랫폼 아래로 떨어졌대요. 손님도 조심하세요. 저렇게 불안정한 신발을 신고 다니면 보고 있는 사람이 조마조마하니까. 그리고 그 가방, 어째 무거워 보이는걸요. ……일하러 나오셨어요?"

"네?"

"가방이 업무 중이라는 걸 강조하는 듯한 인상이라."

아오시마 씨의 찐득한 시선이 기요코의 검은색 토트백에 꽂혔다.

"네, 뭐. ……집을 다 보고 나면 출근할까 해서요."

"일요일인데요?"

"내일까지 준비해야 할 서류가 있거든요."

"무슨 일을 하시는데요?"

직업? ……이것까지 대답해야 할까. 하지만 괜히 얼버무리다가 입주 심사라도 받게 되면 시간만 손해다. 기요코는 자세를 바로 하고 대답했다.

"법률사무소에서 사무원으로 일하고 있어요."

"법률사무소? ……아, 변호사 사무소요."

"네, 뭐."

"……어라? 그런데 무슨 얘기를 하던 중이었죠?"

아오시마 씨가 겨우 이야기를 되돌렸다.

"아, 맞다. 손님이 지금 사시는 집 이야기였죠, 전에 살인범이 살았다는. 그런데 그거 틀림없나요?"

"네, 틀림없을 거예요." 기요코는 토트백을 다시 원래 어깨로 바꿔 멨다. "이사한 지 얼마 안 지나서 에어컨을 설치하러 온 기사님도 불쑥 중얼거렸거든요. '아, 여기가 그 사건의……' 하고요. 그때는 딱히 마음에 두지 않았지만, 다음 달에 엘리베이터에서 마주친 사람도 '예전에 604호에는 무서운 사람이 살았어요' 그러더라고요. 604호실이 저희 집이거든요."

기요코는 귀신의 집 입구 앞에서 바들바들 떠는 겁쟁이처럼 위팔을 문질렀다. 그 사실을 알았을 때 느낀 으스스함이 지금도 피부에 새겨진 것처럼 선명하게 느껴진다.

"그래서 이사를?"

"네. 아직 입주한 지 반년밖에 안 됐지만, 한시라도 빨리 나오고 싶어서요."

"왜 그렇게 서두르세요?"

"그야." 기요코는 침을 꿀꺽 삼켰다. "그 살인범이 집으로 돌아올지도 모르잖아요."

"범인이 체포되지 않았나요?"

"아니요, 체포돼서 형도 확정됐어요. ……무기징역이라고 들었
어요." 기요코는 토트백에서 손수건을 꺼내 손가락에 맺힌 땀을
닦았다. "……하지만 어쩐지 찜찜하잖아요. 살인범이 이 벽을 만
졌을지도 모른다, 이 화장실에 앉았을지도 모른다고 생각하면."

"……그래요?"

"기분 안 나쁘시겠어요?"

"저는 딱히 모르겠는데요."

"저는 찜찜해 죽겠어요. 신경증에 걸리기 직전이라고요. 그래서
이번에는 신축을 얻고 싶은 거고요. 신축이라면 전에 어떤 사람이
살았는지는 걱정 안 해도 되잖아요."

"그럼 이 집은 안심이로군요." 아오시마 씨는 코털을 휘날리며
자신만만하게 말했다. "전에는 젊은 여자분이 살았거든요. 대형증
권회사에서 일하다 결혼 때문에 이사했어요. 아주 예의 바르고 착
한 아가씨였죠."

"……정말인가요?"

"제가 왜 거짓말을 하겠습니까. ……그나저나 어떻게 하시겠어
요? 실은 이 집을 점찍은 분이 두어 분 더 계시거든요. 나중에 보
러 오실 예정인데요."

그런 말을 듣자 기요코는 왠지 마음이 급해졌다. 여기로 정할까?

환경도, 집 구조도, 집세를 포함한 여타 조건도 나무랄 데 없다.

아니, 하지만 지금 사는 집도 결정할 때는 전혀 손색이 없었다. 벽지가 다소 누랬지만 그 정도는 옥에 티였다. 무엇보다 부동산업체 직원이 재촉한 탓도 있었다. "다른 분도 검토하고 계십니다만" 하고. 그래서 즉시 계약했다.

결국 실패였다. 이번에는 그런 실패를 되풀이하고 싶지 않다.

그러니까 신중하게.

"집을 좀 더 둘러봐도 될까요?"

기요코는 조심스럽게 말을 꺼냈다. "다음 분이 오실 때까지요."

"네, 뭐." 아오시마 씨는 턱을 쓰다듬으며 시선을 이리저리 돌렸다. "하지만 저는 따로 볼일이 있어서, 계속 여기 있을 수는 없는데요."

"그럼 저 혼자서라도."

"손님 혼자서요?" 아오시마 씨는 잠시 입을 삐죽거렸지만, 기요코가 애원하는 듯한 눈으로 바라보자 하는 수 없다는 듯 표정을 풀었다.

"……뭐, 알겠습니다. 직성이 풀릴 때까지 실컷 보세요. 돌아가실 때 관리인실에 말씀 주시고요."

아오시마 씨는 혼자 집에서 나갔다.

*

그나저나 찌는 듯이 덥다.

기요코는 더는 참지 못하고 토트백을 바닥에 내려놓았다.

팔꿈치 안쪽에 땀이 찼다.

집을 정하면 그길로 출근하려 들고 온 가방은 노트북과 서류로 빵빵하다. 아마 무게가 3킬로그램은 되지 않을까.

하지만 오늘은 일하러 못 갈지도 모르겠다. 벌써 3시가 넘었다. ……비도 올 것 같다.

기요코는 새시 창문을 열어보았다.

"우와, 꽤나 시끄럽네."

내다보니 바로 밑에 국도가 뻗어 있었다. 지상 7층이지만 상상 이상으로 자동차 소리가 시끄럽다. 볕은 잘 들어도 이 소음은 감점 요인이다.

기요코는 머릿속의 바를 정正 자에 선 하나를 추가했다.

이미 두 획이 그어져 있었다. 첫 번째는 신축이 아니라는 점, 두 번째는 벽에 뚫린 구멍. 그리고 창밖의 소음이 세 번째.

'바를 정 자'가 완성되는 시점에 이 집은 후보에서 제외할 생각 이었다.

좋아, 앞으로 두 획.

……적극적으로 감점 요인을 찾고 있는 자신의 모습이 어쩐지 우스웠다.

아마 이 집을 후보에서 제외하고 싶은 것이리라. 하지만 그러

려면 뭔가 뒷받침해줄 요소가 필요하다. 퇴짜 놓을 핑계로 삼는
다…… 물론 그게 가장 큰 이유지만, 애당초 성격이 그렇다. 법률
사무소에서 오래 사무를 담당한 탓인지 근거 없이 결론을 내리면
어쩐지 마음이 개운치 않다. 남에게 논리정연하게 설명할 수 있을
만한 근거 없이는 식사 메뉴도 정하지 못하는 성격이다.

하지만 아무리 애써도 나머지 감점 요인 두 개를 찾을 수 없었다.

주방, 거실, 베란다, 침실, 세면실, 욕실, 화장실, 현관, 구석구
석까지 점검해보았지만 아오시마 씨 말마따나 마치 신축처럼 어
디나 깨끗했다.

이래서는 감점은커녕 오히려 득점 요인이 늘어난다.

역시 여기로 정할까?

아니지, 아니야. 성급하게 굴어서는 안 된다. 더 이상은 무리라
는 말이 나올 정도로 지독하게 점검한 후에 결론을 내려야 한다.

다시 집을 샅샅이 점검해보았다. 하지만 점수만 올라갈 뿐 감점
요인은 좀처럼 눈에 띄지 않았다. 점수를 깎기는커녕 여기에 침대
를 놓고, 여기에는 소파를 놓고…… 하면서 머릿속으로 인테리어
를 하는 지경이었다.

역시 여기로 정할까. 이만 한 집은 찾아보기 힘들다. 애당초 지
금 시기에는 임대물 자체가 적다. 쓸 만한 곳은 이사 시즌인 3월
이 지나기 전에 대부분 동났다. 6월까지 남아 있는 건 우수리다.
그 우수리 중에서 명당을 찾아내는 건 운의 영역이다. 그래, 어제

허쩔배기소리를 내던 젊은 부동산업체 직원도 그러지 않았는가.

"좋은 집을 구하느냐 구하지 못하느냐는 본인의 운과 인연에 좌우되는 경향이 있거든요. 그러니까 직감으로 여기구나 싶은 곳은 이래저래 너무 따지지 말고 결정하시는 편이 좋습니다. 어떠세요? 여기로 하시겠어요?"

어, 음. 하지만……?

여기로 하시겠어요?

네, 여기로 할게요!

기요코는 혼자 고개를 끄덕였다.

여기 살기로 정했다. 신축은 아니지만, 전에 살던 사람이 확실하다면 문제없으니까. 이 정도까지 집을 깔끔하게 사용했으니, 분명 제대로 된 사람이 틀림없다.

좋아, 쇠뿔은 단김에 빼라고 했겠다.

기요코는 바닥에 내려놓은 토트백에서 핸드폰을 꺼내 어제 만난 부동산업체 직원에게 바로 연락했다. 하지만 공교롭게도 연결되지 않았다. 음성사서함에 간단히 메시지를 남긴 후 신발을 신고 집을 나섰다. 만약을 위해 관리인에게 "여기로 정했으니 다음에 집 보러 오는 사람들에게도 그렇게 말씀해주세요" 하고 전달해놓자.

"참, 대피 경로는 어떻게 되어 있지?"

기요코는 엘리베이터 앞에서 멈춰 섰다. 여기는 7층. 비상사태에 대비해 대피 경로도 중요하다. 기요코는 토트백에서 맨션 전체의 단면도를 꺼냈다. 부동산업체에 떼를 써 호실 단면도와 함께 복사해서 받았다. 맨션 자체에 결함이 있다면……. 성격상 그런 점도 마음에 걸린다며 물고 늘어져서 간신히 얻어낸 거였다.

단면도를 보니 대피 경로는 세 가지였다. 첫 번째는 아래층으로 내려갈 수 있는 베란다의 피난 해치. 두 번째는 바깥에 달린 비상 계단. 그리고 마지막이…….

"아아, 이거 비상문이었구나."

현관문 옆. 벽과 똑같은 색깔이라 처음에는 몰랐다. 하지만 자세히 보니 '문틀'이 눈에 들어왔다. 수학여행 때 갔던 닌자저택(외관은 보통 농가지만 내부에 방어를 위한 비밀장치가 숨겨져 있는 닌자의 집을 가리킨다—옮긴이)의 비밀문이 떠올랐다. 더 자세히 보니 왼편에 손잡이 같은 것이 있었다.

기요코는 손잡이를 잡고 옆으로 밀어보았다. 하지만 옴짝달싹도 하지 않았다. 이번에는 앞으로 밀어보았지만 결과는 마찬가지였다.

응? 어떻게 된 거야? 명색만 비상문인가? 손잡이에서 손을 떼려고 한 순간 희미하게 빈틈이 보였다.

"아아, 당기는 거구나."

아니나 다를까 자기 쪽으로 당기자 문은 간단히 열렸다.

눈앞에 철문이 나타났다.

철문에는 '비상구'라는 글씨가 큼지막하게 적혀 있었다.

……어디로 연결되는 걸까?

단면도를 확인해보았지만 자세한 설명은 없었다.

기요코는 문이 있다면 누구나 그러하듯 손잡이에 손을 뻗었다.

밀까 당길까 한순간 망설였지만 비밀문 때와 똑같이 자기 쪽으로 당겨보았다.

끼이이이이이익 하는 묵직한 소리와 함께 철문이 천천히 열렸다. 고여 있던 습한 공기가 탁한 곰팡내를 풍기며 이때라는 듯 도망쳐 나왔다.

안쪽은 어른 한 명이 간신히 들어갈 수 있을 만큼 작은 방이었다. 키가 162센티미터인 기요코도 몸을 살짝 웅크려야 했다. 더 키가 큰 남자라면 비좁아서 답답하게 느껴질지도? 기요코는 머릿속의 '바를 정 자'에 획을 하나 추가했다. 하지만 자기는 남자가 아니고, 이렇듯 멀쩡하게 들어왔으니 감점은 아닌가…… 하고 획을 지웠다. 애당초 이미 계약하기로 정했으니 이런 흠 잡기는 필요 없다.

그건 그렇고.

대체 이건 무슨 방이지?

문에는 일단 '비상구'라고는 적혀 있는데. 하지만 안은 사방이 막힌 작은 방이다. 넓이는 다다미 한 장쯤 될까(다다미 한 장은 약 1.65제곱미터다—옮긴이)?

기요코는 단면도를 다시 살펴보았다.

단면도에는 '대피기구 전용실'이라고 되어 있지만 '기구'다운 물건은 어디에도 없었다.

"아."

발밑에서 '대피 사다리'라는 글씨를 발견했다.

시선을 모으니 뭔가 뚜껑 같은 틀이 있었다.

아아, 그렇구나. 이걸 열면 사다리가 아래로 뻗어 있는 구조인가. 그 예상은 적중해 '대피 사다리'라는 글씨 밑에 '대피할 때는 이 뚜껑을 열고 아래층으로 내려가십시오'라는 설명이 적혀 있었다.

베란다에서 대피하기 어려울 때는 여기로 달아나면 되겠구나. 여기도 안 되면 바깥의 비상계단을 이용하고. ……음, 대피 경로를 2중, 3중으로 마련해둔 건 큰 득점 요인이다.

……어?

뭔가 빛나고 있었다.

기요코는 앞쪽 벽에서 빛나는 뭔가를 발견했다. 가까이에서 자세히 보자 작게 금이 가 있는 게 보였다. 거기서 물 같은 것이 새어 나오고 있었다.

어머, 혹시 누수인가?

그래서 이렇게 곰팡내가 나는 건가?

에이, 여기에도 금이 갔네. ……그리고 여기에도.

기요코의 가슴속에 회의심이 퍼져 나갔다. 방금 전의 단단했던 결심이 급격히 흔들렸다.

혹시 여기, ……부실 공사?

그리고 시선을 빙 돌렸다.

천장을 올려다보았을 때 반사적으로 "헉" 하고 외마디가 새어 나왔다.

지금 천장에서 뭔가가 움직였는데. 뭐지? 바퀴벌레? 거미?

"헉."

이번에는 오른쪽 벽에서 뭔가가 움직였다.

아, 진짜, 또 뭐야!

그러면서 몸을 틀었을 때였다. 어깨가 확 잡아당겨졌다. 어깨에서 빠진 토트백 끈 하나가 문손잡이에 걸린 것이다. 끈을 빼내려고 하는데 뺨에 뭔가가 닿았다.

"꺄악."

기요코는 다시 몸을 틀었다.

기요코의 토트백 끈에 당겨진 철문이 끼이이이이익, 하는 묵직한 소리와 함께 철커덩 닫혔다.

*

"와, 돌아버리겠네."

기요코는 앵무새처럼 또 중얼거렸다. 벌써 백 번도 넘게 같은 말을 되뇌었다. 하지만 이 말밖에 나오지 않는다.

"돌아버리겠네."

조명 없는 그 방에 갇힌 지 한 시간도 넘게 지났다. 핸드폰 액정의 희미한 불빛과 시계 표시만이 희망의 등불이었다. 하지만 전파 상태가 좋지 않은지 전화와 메일은 불통이다. 토트백에 넣어둔 노트북도 배터리가 다 돼서 켜지지 않았다.

"돌아버리겠네!"

기요코는 거의 눈물에 잠긴 목소리로 내뱉듯이 말했다.

"이딴 개같은 맨션, 누가 계약하나 봐라!"

기요코는 30분쯤 전부터 '대피 사다리'라고 적힌 뚜껑을 열고 탈출을 시도하는 중이었다. 그 전까지는 오로지 철문을 열려고 발버둥 쳤다. 하지만 문에 작게 적힌 '안쪽에서는 열리지 않습니다. 비상시가 아니면 들어가지 마십시오'라는 주의사항을 발견하고 포기했다. 그 후로는 철문을 두드리며 "안에 갇혔어요! 누가 문 좀 열어주세요!" 하고 계속 외쳤다. 15분쯤 지났을 무렵, 발밑에서 뭔가가 꿈틀거려 문득 시선을 내리자 '대피 사다리'라는 글씨가 눈에 들어왔다. 그렇다, 지금이야말로 사다리를 사용해야 할 상황 아닐까? 그렇게 판단하고 그때부터 뚜껑을 여는 데 집중했다.

하지만 뚜껑은 좀처럼 열리지 않았다. 뭔가 방법이 있을 것이다. 그 방법만 찾으면 순식간에 뚜껑이 열리는 동시에 사다리가 아래층으로 주르르 떨어질 것이다.

하지만 그 방법을 찾기가 쉽지 않았다. 핸드폰의 약한 불빛에

의지해 이래저래 시도해보았지만 아무리 애써도 열리지 않았다.

……돌아버리겠네. 왜 안 열리는 거야? 이런 건 척 열려야 위험할 때 쓸모가 있지. 만약 불이 났다면 난 벌써 죽었을 거라고!

열려라, 제발!

기요코는 하이힐 뒷굽으로 뚜껑을 힘껏 짓밟았다.

열려라, 열려라, 열려!

뺨에서 땀이 줄줄 흘러 떨어졌다. 겨드랑이도 땀으로 축축했다. 닦고 싶었지만 손수건을 어디에 두고 온 모양이다. 파란색 랄프 로렌 손수건. 생일 선물로 받은 애용품인데.

아아, 그딴 건 됐다. 지금은 여기서 나가는 게 최우선이다.

……발목이 작살나도 좋으니 제발 열려라!

체중을 전부 실어 뒷굽으로 내리찍자 하이힐에서 뭔가 꿈틀거리는 게 희미하게 보였다. 핸드폰 불빛을 가까이 대보았다.

뭐지?

……뭐야 이게?

"헉."

돈벌레다, 돈벌레야!

내가 이 세상에서 제일 싫어하는 돈벌레잖아!

땀이 흥건하게 배어났다.

뺨을 닦는데 손등에 뭔가가 들러붙었다.

눈을 가까이 댔다.

"헉."

돈벌레다, 여기에도 돈벌레가!

어깨에서도 뭔가가 꿈틀거렸다.

"헉, 꺄아아악."

2

기요코는 눈을 번쩍 떴다.

익숙한 풍경이 시야에 뛰어들었다. ……늘 타고 다니는 세이부선 전철 안이었다.

"아, 꿈이었구나."

기요코는 가늘고 긴 한숨을 "휴우우우" 내쉬며 천천히 어깨에서 힘을 뺐다. 그 바람에 무릎에 올려둔 토트백이 미끄러져 바닥으로 떨어졌다.

정말이지 오늘은 재수 옴 붙은 날이었다.

설마 그런 곳에 갇힐 줄이야.

정말 지독한 꼴을 당했다.

핸드폰이 울렸다. 토트백을 주워 들며 핸드폰을 꺼냈다. 아마도 부동산업체일 것이다. 기요코는 전철이라는 것도 잊고 전화를 받았다.

"아, 여보세여?"

이 혀짤배기소리는…… 역시 그 부동산업체 직원이었다.

"아까 전화 주셨죠? 음성메시지 들었습니다. 그 방으로 하시겠다고요. 감사합니다."

"아니요." 기요코는 목에 힘을 주어 말했다. "그 맨션은 사양할게요. 최악이더군요."

"무슨 일이라도…… 있으셨습니까?"

"그 맨션, 부실 공사 아닌가요? 벽에는 금이 가서 거기서 물이 새고, 또 위생 관리는 또 어떻고요. 곰팡이에 돈벌레까지."

"돈벌레요?"

"그래요. 그것도 어마어마하게 많아요. 와, 아직도 소름이 끼치네."

"어휴, 그것 참. ……그렇군요, 돈벌레가……."

"그래요. 그리고 비상구 문, 그것도 문제라고요."

"비상구 문요?"

"네. 현관문 바로 옆에 있는 거요. '안쪽에서는 열리지 않습니다. 비상시가 아니면 들어가지 마십시오'라는 주의사항, 그거 바깥쪽에 써놔야 하는 거 아닌가요? 안쪽에 써놓은들 아무 의미도 없잖아요. 그걸 보고 나서는 이미 늦었다고요."

"……역시 무슨 일이 있으셨습니까?"

"네, '대피기구 전용실'이라는 곳에 갇혔어요. 한 시간도 넘게요."

"그런 일이."

"까딱하면 죽을 뻔했다고요."

"정말 죄송합니다."

"그러니까 그 집은 계약 안 하겠어요."

기요코는 일방적으로 이야기를 매듭짓고 전화를 끊었다.

아이고. ……지독하게 무서웠어. 진짜 죽는 줄 알았다고.

아직도 심장이 두근두근 뛴다.

호흡도 거칠다. ……땀이 멈추지 않는다.

앞에 서 있는 여고생 두 명이 이쪽을 힐끔힐끔 훔쳐보며 킥킥 웃었다.

기요코는 당황해서 땀을 손수건으로 닦았다.

아무튼 진정하자. 토트백에서 이어폰을 꺼내 음악 플레이어에 꽂았다. 이럴 때는 좋아하는 음악이라도 들으며 기분을 전환하는 게 최고다.

이어폰을 귀에 끼고 재생 버튼을 눌렀다. 나카모리 아키나(1980년 대를 풍미한 일본의 가수—옮긴이)의 노래가 흘러나왔다. ……아아, 역시 아키나짱은 좋아. 그 당시에 직접 접한 건 아니지만 무슨 텔레비전 방송에서 옛날 영상을 본 후로 팬이 됐다. 이 목소리가 끝내주게 좋다. 파장이 잘 맞는다고 할까, 듣고 있으면 마음이 편안해진다.

겟 업, 겟 업, 겟 업—(나카모리 아키나의 〈DESIRE-정열-〉의 가사

중 일부—옮긴이)

전철 속도가 떨어졌다. 역에 도착한 모양이다.

K역이다.

기요코는 서둘러 토트백을 어깨에 멨다. 내려야 한다.

플랫폼에 내리자 밖은 컴컴했다.

어느덧 밤이다. 그리고 내일은 월요일. ……어휴, 월요일. 내일까지 작성해야 할 서류가 산더미다. 실은 주말에 마무리할 작정이었는데. 하나도 못 했다. 그렇다고 이제부터 일할 마음도 들지 않는다. ……하는 수 없다. 내일은 일찍 출근할까.

그건 그렇고 이 가방, 무거워 죽을 것 같다. 분명 어깨에 멍이들었을 것이다.

정말 무겁다. 그 때문인지 발걸음도 무거워졌다. 계단이 너무멀게 느껴졌다.

옆에서 할머니가 뭐라고 말을 걸었다. 뭐라고? 뭐라고 하는 거야? 지금 노래를 틀어놔서 하나도 안 들려. 미안해, 할머니. 모르는 게 있으면 역무원한테 물어봐.

겟 업, 겟 업, 겟 업—

어라? 방금 타고 온 전철이 아직도 멈춰 있네. ……시간 조정이라도 하는 걸까? 뭐, 나하고는 상관없으니 알 바 아니지만.

겟 업, 겟 업, 겟 업—

할머니가 여전히 뭐라고 말하고 있다.

겟 업, 겟 업, 겟 업—

할머니가 자꾸 기요코의 발밑을 가리킨다.

뭐? 내 발이 어쨌는데?

내려다보자 하이힐 틈새로 뭔가가 기어 나왔다.

끄악!

돈벌레!

싫어, 싫어, 싫어, 저리 가!

"위험해!"

누군가가 외친 것 같았다.

앞쪽에서 눈부신 빛이 비쳤다.

이어폰이 귀에서 쑥 빠졌다.

그리고 귀를 찢는 듯한 경적 소리.

하지만 이미 모든 것이 늦었다.

기요코는 플랫폼에서 오른발이 미끄러져 순식간에 아래로 빨려 들었다.

떨어졌다.

안 돼, 이럴 순 없어.

플랫폼으로 돌아가야 해.

하지만 몸이 움직이지 않는다.

빛 덩어리가 코앞까지 다가왔다.

특급열차의 몸체.

젠장.

……돌아버리겠네.

돌아버리겠네!

                              *

돌아버리겠네!

그 목소리에 놀라 기요코는 눈을 떴다.

익숙한 광경.

"후우우……."

기요코는 숨을 크게 내쉬었다.

"……거실? 아아, 그렇구나. 소파에서 잠들었나 봐."

악몽을 꿨다. 특급열차에 치이는 꿈. 아직도 심장이 쿵덕쿵덕
뛴다. 파자마도 땀에 흠뻑 젖었다.

왜 그런 꿈을 꾼 걸까. ……그래. 그 맨션 관리인 아오시마 씨 탓
이다. 아오시마 씨가 전철 사고로 사람이 죽었다는 이야기를 하는
바람에.

그나저나 오늘은 재수 옴 붙은 날이었다. 그런 곳에 갇히다니.

그런 치 떨리는 경험을 할 바에는 이 집이 훨씬 낫다.

그건 그렇고 어느 틈에 잠들어버린 걸까?

협탁을 보자 서류 다발과 노트북이 놓여 있었다. 화면보호기가 모니터에 기묘한 기하학무늬를 흔들흔들 그려냈다.

  아아. 내일에 대비해 서류를 정리하고 있었구나.

  하지만 일을 시작하기 전에 졸음이 몰려와 그만 소파에서 잠들어버린 모양이다.

  시계를 보니 오전 2시가 다 된 시간이었다.

  그야말로 오밤중.

  짤각.

  어? 방금 무슨 소리가 났는데.

  돌아보았지만 주방은 여느 때와 다를 바 없었다. 그리고 그 옆은 현관.

  어라? 도어체인이 풀려 있네.

  ……그러고 보니 문을 잠갔던가?

  일어서려 할 때 핸드폰이 울렸다.

  응? 이 시간에 뭐야?

  "아, 여보세여."

  혀짤배기소리가 들려왔다.

  "아까는 전화 못 받아서 죄송합니다."

  부동산업체 직원이었다.

  "음성메시지 들었습니다. 그 집, 계약을 진행해도 되겠습니까?"

"그러니까, 그 맨션은 생각만 해도 넌더리가 난다고요!"

전화를 끊은 기요코는 핸드폰을 소파에 내팽개쳤다.

……그보다 이런 시간에 웬 전화람. 몰상식한 데도 정도가 있지.

아아, 짜증 나.

어쩐지 눈이 말똥말똥해졌다. 이대로 일이나 할까? 아니야, 그래도 잠은 자야지. 아니면 내일이 힘들다.

……어라?

저런 곳에 구멍이.

기요코는 협탁 옆 벽에 작은 구멍이 나 있는 걸 발견했다.

작은 구멍이다. 아마도 압정을 박은 흔적.

어휴. 왜 지금까지 몰랐을까? ……뭐야, 그 옆에도 구멍이. 그 아래에도 두 개. 예전에 살던 사람이 엽서라도 붙여놨던 걸까.

충전재를 사와야겠다. 그런데 충전재는 어디서 팔더라. 대형마트? 하지만 이 부근에도, 직장 근처에도 그런 건 없다. ……맞다. 인터넷 쇼핑몰에서 주문하면 된다.

노트북의 화면보호기를 해제하자 브라우저의 메인화면으로 설정한 뉴스사이트가 떴다.

어?

기사의 헤드라인을 읽은 기요코의 등에 서늘한 기운이 흘렀다.

'오다 게이타로 석방'이라고 되어 있었다.

오다 게이타로. ……전에 이 집에 살던 사람이다! 혼자 사는 여자 집에 침입해 잠든 여자를 강간하고 살해한 흉악범. 무기징역이라고 들었는데. ……왜 석방이지? 어째서?

자세한 내용을 확인하고자 헤드라인을 클릭했지만 연결되지 않았다.

"돌아버리겠네! 또 접속 불량이야?"

광통신을 깔았지만 어디가 문제인지 가끔 접속이 끊긴다. 그때마다 ONU(회선종단장치)를 재가동시킨다. ONU는 부엌 옆 전화받침대 위에 있다.

"……귀찮아 죽겠네."

자리에서 일어난 기요코는 협탁 옆 벽에서 또 작은 구멍을 발견했다.

뭐야, 또 있었어? 이걸로 다섯 개째.

……아니, 그게 끝이 아니다. 여기에도, 그리고 여기에도, ……저기에도. 저런 곳에도!

기요코는 구멍을 따라 시선을 옮겼다.

"헉."

팔의 솜털이 일제히 곤두섰다.

수없이 많은 구멍이 벽 한가득 뚫려 있다! 마치 뭔가의 '둥지' 같았다. 혹은 벌레 그 자체.

왜 지금까지 몰랐을까? 무슨 구멍이지? 무슨 목적으로 구멍을 뚫은 거야? 전에 살았던 오다 게이타로는 이 집에서 대체 뭘 한 거야! ……진짜 돌아버리겠네! 이딴 집에서 한시라도 빨리 나가고 싶어!

어쩌다 초점이 어긋났을 때였다. 무수한 구멍들에 어떤 질서가 있음을 깨달았다. 그래, 어떤 규칙에 따라 구멍이 뚫려 있다.

……글자?

그렇다. 이건 가타카나다. 첫 번째는 '죽', 그리고 또 하나는.

기요코는 한 발짝 뒤로 물러났다. 그리고 벽 전체에 초점을 맞추었다.

'어.'

"컥."

기요코는 거의 무의식중에 서류 다발을 벽에 내던졌다. 그것만으로도 모자라 노트북까지 집어던지고 나서야 정신이 번쩍 들었다.

쿵쿵!

벽을 두드리는 소리. 옆집 사람이 보내는 무언의 항의다. ……시끄러워, 조용히 해.

하지만 이런 상황에 몰리면 누구든 충동적으로 행동할 것이다.

그게, '죽어'라고 적혀 있단 말이야. 벽 한 면에 큼지막하게.

……그래도 너무 지나쳤는지도 모르겠지만.

냉정함을 되찾은 기요코는 노트북을 집어 들었다. 노트북은 무사한 듯했다. 하지만 벽이 움푹 패고 말았다. 이래서는 여기서 퇴거할 때 수선비를 엄청 뜯길 것이다.

……아, 정말 돌아버리겠네.

쨜칵.

현관 쪽에서 무슨 소리가 났다.

옆집에서 항의하러 온 걸까?

미안해, 내가 잘못했어. 그러니 오늘은 너그러이 용서해줘.

쨜칵, 쨜칵, 쨜칵.

웅? 그게 아니다. 이 소리는…… 혹시 열쇠를 구멍에 꽂는 소리?

설마.

기요코는 현관문을 노려보았다.

쨜칵, 쨜칵, 쨜칵.

이게 웬 아닌 밤중에 홍두깨람. 역시 열쇠를 꽂는 소리야.

왜? 누가? 집주인? 관리인? ……그 밖에 여벌 열쇠를 가지고 있는 사람은…… 예전에 살던 사람…….

오다 게이타로!

이런, 어쩌지. 석방된 오다 게이타로가 여기로 돌아온 거야. 젠장, 어쩌지, 강간살인범이 여기로 돌아왔어!

이럴 때는 어떻게 하면 좋지? 딱 마주치기는 절대로 싫은데. 상대는 아무 잘못도 없는 여자를 강간하고 칼로 난자해서 죽인 흉악범이란 말이야. 그것도 모자라 시간屍姦까지 했다잖아. 그런 놈과 마주치면 끝장나는 거야. ……살해당할 거라고!

어쩌지, 어쩌지…….

짤각, 짤각, 짤각…….

안 돼, 안 돼, 안 돼, 열리면 안 돼, 제발 열리지 마!

짤각, 짤각, 짤각, ……철컥.

열렸다.

안 돼, 안 돼, 안 돼.

어쩌지, ……어쩌지!

*

뭐라고 외치는 소리가 들린 것 같았다.

기요코는 어깨를 크게 비튼 후 눈을 번쩍 떴다.

"꿈인가." 기요코는 느릿느릿 머리를 들었다. "……다행이다."

그런데. ……여기는 어디더라?

어두워서 아무것도 보이지 않는다.

전등, 스위치는 어디 있지?

시선을 이리저리 돌리자 희미한 불빛이 아래에 널브러져 있었다. ……핸드폰이었다. 핸드폰 액정 불빛이 그 글씨를 어렴풋이 비췄다.

'안쪽에서는 열리지 않습니다. 비상시가 아니면 들어가지 마십시오.'

뺨에서 뭔가가 꿈틀거린 기분이 들었다.

하지만 기요코에게는 그걸 털어낼 만한 기력이 없었다.

3

아, 그리고 보니.

아오시마는 손수건을 상자에서 끄집어냈다. 파란 손수건. 일단 명품인 것 같은데.

이제 처분해도 되려나.

법률사무소에서 일한다는 여자가 집을 보러 왔다가 두고 간 물건이다. 나중에 찾으러 올지도 모르니 보관해두었다. 하지만 본인도 잃어버렸다는 걸 잊어버렸으리라. 집을 다 보고 나면 관리인실에 말해달라고 했다는 것도 까먹고 어느 틈엔가 돌아가버린 사람이니까.

그래, 처분하자.

벌써 보관한 지 반년이나 지났다. 의무는 다한 셈이다.

아오시마는 파란 손수건을 쓰레기통에 던져 넣었다.

수납장

1

　내게는 아빠가 없다. 얼굴도 모른다. 이른바 혼외자다.

　그 탓에 이래저래 가슴 아픈 일도 많았지만, 이제는 전부 좋은 추억이다.

　이런 일도 있었다.

　유치원에 다니던 시절의 이야기다.

　당시는 혼외자라는 게 지금만큼 개방적으로 다룰 화제가 아니었다. 따지자면 터부의 영역이라 공공연하게 '아빠가 없다'고 말하기를 꺼리는 분위기였다.

그걸 불편하다거나 비참하게 여긴 적은 없었지만, 그날 유치원에서 내준 과제에 나는 약간 당황했다.

"아빠 얼굴을 그려봅시다."

선생님이 그렇게 말한 것이다.

뭐, 아빠 얼굴이라고?

주변을 둘러보자 다른 아이들은 도화지에 신나게 크레파스를 문질러대고 있었다.

멍하니 있을 때가 아니다. 나도 뭔가 그려야 한다.

그때는 '아빠 얼굴을 몰라, 어쩌지' 하는 초조함과 창피함보다 뒤처져서는 안 된다는 마음이 앞섰던 것 같다.

아무튼 뭔가 그려야 한다. 뭐든지 좋으니 그려야 한다. 누구보다도 빨리 완성해야 한다. 나는 정신없이 크레파스를 문질러댔다.

그리하여 그림 한 장이 완성됐다.

7대3 가르마에 역삼각형 윤곽의 약간 푸르스름한 얼굴, 그리고 검은색 뿔테 안경을 낀 중년 남자.

푸르스름한 건 배경에 칠한 파란색이 피부색과 섞인 탓이지만, 마침 입언저리라 삐죽삐죽 돋은 수염처럼 보이기도 했다.

스스로 생각하기에도 잘 그린 것 같았다.

당시 내 최고 걸작이었는지도 모르겠다.

"끝내준다."

옆자리에 앉은 남학생이 목소리를 높였다.

"잘 그렸네."

뒷자리에 앉은 여학생이 들여다보았다.

어느덧 내 주위로 아이들이 모여들었다.

하지만 선생님만은 복잡한 표정으로 웃었다.

'그거 누구니?'

내게 아빠가 없다는 걸 아는 선생님은 시선으로 분명 그렇게 말하고 있었다.

누구지?

모른다.

정말로?

응, 정말로 모르는 사람!

2

나오코가 씁쓸한 기억을 파헤쳐낸 건 한 장의 그림 때문이었다.

한창 이사 준비를 하고 있었을 때다.

"아, 수납장."

짐을 대강 다 쌌다 싶어 한숨 돌리던 참에, 마치 느닷없이 그 존재가 쑥 부각된 것처럼 나오코는 수납장을 새삼스레 올려다보았다.

현관 근처, 천장 아래 위치한 붙박이 수납장이었다.

지금까지 까맣게 잊어버리고 있었다.

시야에는 들어왔겠지만, 내내 의식 밖에 있었다.

"아이고, 아직도 남았네."

나오코는 몸에서 힘이 쭉 빠졌다.

벌써 자정이 다 되었다. 내일 이사에 대비해 잠을 자려던 차였는데.

"아아아, 환장하겠네!"

나오코에게는 이번이 여덟 번째 이사다.

지난번 이사는 4년 전. 그때는 일 때문에 준비할 시간이 모자라 미처 이삿짐을 다 꾸리기도 전에 이사업자가 찾아왔다. 결국 업자의 도움을 받아 간신히 짐을 쌌지만, 대신에 예상외의 추가 요금이 청구되어 속이 쓰렸다. 게다가 속옷과 생리용품 등 타인, 특히 남자에게는 보여주기 싫은 물건까지 보이고 손길까지 닿아서 몹시 굴욕적이었다. 이번에는 그런 참담한 꼴을 당하기 싫어 일주일도 전부터 준비를 시작해 이사 전날을 맞이했건만.

"아아, 진짜, 대체 왜?"

왜 저런 곳에 수납장이 있는 걸까? 아니, 어쩌면 안에 아무것도 없을지도 모른다.

그래, 바로 지금까지 잊어버리고 있었을 정도니까 옛날의 나도 저 수납장에는 아무것도 넣지 않았겠지.

그런 기대를 품고 쌍여닫이문의 한쪽을 열어보았다.

"끄어."

난생처음 내보는 괴상한 목소리였다.

"뜨아아아."

연달아 이상한 목소리가 나왔다.

"푸으으읍."

이상한 목소리는 멈출 줄 몰랐다.

어쩔 수 없다. 수납장에 물건이 빈틈 하나 없을 만큼 빽빽하게 처박혀 있었기 때문이다.

"이게 다 뭐야!"

늦은 밤에 걸맞지 않게 큰 소리를 내지르고 나서야 나오코는 정신이 들었다.

……맞다. 생각났다. 여기로 이사 왔을 때 어디에도 둘 곳이 마땅치 않은 물건들을 일단 여기에 처박아놓았다. 언젠가 필요한 것과 필요 없는 것을 구분해서 정리하려고 결심했지만, 결국 결심은 실행되지 않은 채 오늘을 맞이한 것이다.

그렇다고 지금 구분할 시간은 없다. 앞으로 여덟 시간만 있으면 이사업자가 온다. 그럼 전부 내버릴까?

나오코는 현관에 모아둔 반투명 쓰레기봉투를 보았다.

하지만, 어쩌면 꼭 필요한 물건도 섞여 있을지 모른다. 그렇다, 필요한 물건이 있으니까 옛날의 자신도 버리지 않고 일단 수납장에 넣어둔 것이리라.

그러나 필요한 물건이 있다면 한참 전에 열어봤을 것이다. 4년
간 방치해두었다……고 할까, 까맣게 잊어버렸으니 필요한 물건
은 없다고 봐야 하리라. 그래, 이건 자신의 성격 문제다. 필요도
없는데 일단 간직해둔다. 이 우유부단한 성격 탓에 지금까지 얼마
나 고생했던가. 여기로 이사 올 때도 결국 그 때문에 이삿짐을 제
때 꾸리지 못한 게 아닌가. 전 남자친구와 헤어진 후에 성가신 일
이 끊이지 않은 것도 그 때문 아닌가.

그래, 이 수납장에 넣어둔 것들은 적어도 4년은 급하게 필요하
지 않았던 물건이다. 그러니 단호하게 내버리는 게 최선이다.

정말로?

쓰레기봉투를 벌렸을 때 그런 속삭임이 들려온 듯한 기분이었다.

정말로 전부 필요 없는 물건?

분명 대부분은 그럴 것이다.

하지만 소중한 물건이 숨어 있을지도 모른다. 생각해보면 "어?
그거 어디 갔지? 분명 있었을 텐데" 하고 찾아 돌아다닌 적도 몇
번 있었지 않은가. 그리고 추억이 깃든 물건을 찾아내 "우와, 옛날
생각난다!" 하며 여러모로 스스로를 돌이켜보는 계기를 얻을 수
있을지도. 당장은 필요 없어 보여도 가까운 장래에 '아, 놔두길 잘
했다'라는 생각이 들 수도 있다.

게다가 자신에게는 필요 없더라도 세간의 안목으로 따졌을 때

는 가치가 있을지도 모르잖은가. 요즘은 인터넷 경매사이트라는 것도 있다. 소문으로는 어떤 잡동사니라도 나름 가격이 붙는 모양이다. 요전에 아는 사람도 버리려 했던 장난감을 시험 삼아 사이트에 올렸더니 수만 엔에 팔렸다며 좋아하지 않았는가.

그래. 경매사이트에 올리자.

중고 매장에 파는 것도 방법이다.

어쩌면 이삼만 엔 정도는 돈이 되지 않을까? 아니지, 이삼천 엔만 되어도 고맙다.

……이런 욕심이 나는 것도 이사 때문에 심각한 금전결핍증에 걸린 탓이었다.

새 집을 얻기 위한 초기 비용은 물론이고, 이사 비용이 의외로 많이 들어간다. 2LDK(숫자는 방의 개수, LDK는 각각 거실, 식당, 부엌을 가리킨다―옮긴이) 집에, 이사업자는 팔만 엔의 견적을 냈다. 돌려받는 보증금을 따져보더라도 한참 초과된 예산이다. 이번 달은 어떻게 버틴다고 쳐도 다음 달이 걱정이었다. 다음 달은 보수가 입금될 예정이 없다.

그렇다, 요 몇 년 나오코의 작업량은 하향곡선을 그리고 있다. 처음에는 완만했기에 좀처럼 위기를 느끼지 못했지만, 요 반년은 급격한 하향세다. 그리고 마침내 지금까지는 한 달에 정기적으로 십수 건씩 들어오던 작업 의뢰가 석 달에 두 건이 되고 말았다. 그리고 그즈음 임차 계약을 갱신해야 할 때가 왔다. 원래는 갱신할 생각이었지만, 어쩌면 여기보다 좀 더 싼 곳으로 이사하는 편이 현명할지도 모르겠다고 판단했다.

이 집은 요모조모 따져보지도 않고 집주인과 집세 교섭도 없이 대뜸 계약서에 도장을 찍었던 곳이다. 4년 전에는 검토니 교섭이니 할 여유도 없을 만큼 일에 치여 살았기 때문이다. 그래도 이사를 결심한 건 어떤 사정 때문이었지만, 지금은 경제적인 문제가 나오코의 최우선 과제다.

이번에는 이것저것 따져보고 집세도 교섭해서 지금 사는 곳보다 조건은 좋지만 만 엔쯤 싼 집을 얻었다. 스스로 생각하기에도 대단한 성과였다.

하지만 이사에 드는 돈은 사실 별로 고려하지 않았다. 그저 지금보다 집세가 만 엔 싸다는 당장의 이익에만 눈이 먼 게 아닐까? 아니다, 긴 안목으로 보면 결국 이사하는 게 정답이다. 초기 비용은 금방 회수 가능하다.

그 '금방'이 구체적으로 언제인지는 깊이 생각해보지도 않고 이사를 결심했다.

요컨대 나오코는 꼼꼼한 계산에도 젬병이었다.

그 탓에 어쩌면 꽤나 손해 보는 길을 선택한 게 아닐까? 그 순간은 득을 본 것 같지만 몇 년이라는 긴 시간을 두고 보면 결국 손해를 보는 게 아닐까? 그런 생각이 들 때도 많지만, 그런 것보다 지금은 수납장에 처박아둔 물건이 먼저다.

버리느냐, 마느냐, 그것이 문제로다.

15분쯤 고민한 끝에 나오코는 '나중에 생각하자'는 결론을 내렸다.

지금은 아무리 생각해본들 올바른 판단을 내릴 수 있는 정신상태가 아니다. 이럴 때는 미래의 자신에게 맡기는 편이 낫다.

이를테면 문제를 보류한 셈이다. 이 방법을 남용하는 탓에 골치아픈 일에 휘말릴 때도 많았지만, 그런 먼 미래의 문제는 지금의 자신이 알 바 아니다.

지금 이 순간, 눈앞에서 문제를 감추고 싶을 뿐이다.

그리고 나오코는 여기로 이사 올 때와 완전히 똑같은 행동에 나섰다. 이 수납장에 들어 있는 걸 통째로 새집에 가져가자.

아니야, 잠깐만.

골판지상자. 골판지상자는 이제 하나밖에 안 남았다. 그것도 작은 사이즈. 이 상자에는 책상 서랍 하나 분량의 짐밖에 안 들어간다. 수납장의 짐들을 통째로 담기는 도저히 무리다. 불가능하다.

그럼 골판지상자를 어디서 마련해 올까? 편의점에 가면 사용하고 난 골판지상자를 넘겨줄지도 모른다. 그래, 그렇게 하자.

하지만 이렇게나 늦은 시간이다. 요즘 이 부근에 수상한 사람이 출몰하니 조심하라고 맨션 관리인도 주의를 주었는데.

게다가 비가 내린다. 빗발이 제법 굵다.

……귀찮다.

*

"아, 이거 좀 봐. 옛날 생각난다!"

나오코는 반가움에 겨워 또 한 번 목소리를 높였다.

어느덧 새벽 2시가 지났다. 앞으로 여섯 시간 후면 이사업자가 온다. 하지만 나오코는 그 사실을 싹 잊어버린 듯한 모습이었다.

결국 나오코는 수납장에 든 물건을 버릴 것과 버리지 않을 것으로 구분하기로 결정했다.

그로부터 두 시간. 하지만 구분 작업은 지지부진했고, 그런 고로 수납장에 든 물건도 전혀 줄지 않았다.

그래도 나오코가 기뻐 보이는 건 잊어버렸던 추억이 차례차례 발굴됐기 때문이었다.

대학 시절에 사용했던 수첩, 고등학생 때 만들었던 스크랩북, 중학생 시절의 조별 노트, 초등학생 시절의 산수 시험지.

시간을 거슬러 올라가듯 추억이 차례차례 눈앞에 나타났다. 전부 나오코가 본가를 떠날 때 비밀리에 가지고 나온 물품들이다. 당시에는 '무덤까지 가져갈 각오'를 하고 극비에 부쳤지만 지금 보니 전부 하잘것없는 물건들뿐이었다.

"나, 초등학교 때부터 정말로 숫자에 약했구나."

나오코는 손에 든 시험지를 보며 실눈을 뜨고 웃었다.

이 15점짜리 산수 시험지를 돌려받았을 때 눈앞이 캄캄해졌던

게 기억났다. 난생처음으로 절망을 느낀 순간이기도 했다. 진짜로 죽고 싶었다. 죽을 곳을 찾아 온 학교를 돌아다녔다. 그러다 옥상에 당도했을 때 왜 이렇게까지 절망했는지 자문자답해보았다.

15점이라는 한심한 점수를 맞은 게 용서가 안 돼서? 아니다. 그럼 엄마한테 야단맞는 게 무서워서? 그렇다. 시험지를 엄마에게 보여주기가 몹시 무서웠다.

싱글맘인 나오코의 엄마는 자신의 입장을 잘 이해하고 부끄럽게 여기기도 했으므로 '세상 사람들에게 웃음거리만은 되지 마라', '세상 사람들에게 손가락질당할 멍청한 짓은 하지 마라' 하고 매일같이 나오코를 채찍질했다. 비유가 아니라 실제로 때렸다. 학대까지는 아닐지언정 나오코 입장에서는 이 세상에서 제일 무서운 처벌이었다. 나오코는 대개 시험 결과가 나쁠 때 이 처벌을 받았다. 엄마는 나오코에게 늘 80점 넘게 받기를 강요했다. 한 번 75점을 받았을 때는 대나무 자로 엉덩이를 몇 대 때리고 저녁밥도 굶겼다. 75점이 그 정도니 15점을 받은 날에는⋯⋯.

나오코는 옥상 난간을 움켜쥔 채 몸을 부들부들 떨었다.

아, 그런데 잠깐. 그럼 이 시험지를 엄마에게 안 보여주면 되는 거 아닌가? 그렇다. 이 시험은 선생님이 변덕스레 실시한 쪽지 시험이다. 아무 예고 없던 시험이라 공부할 틈도 없어 이런 점수를 받았을 뿐이다. 다시 말해 이건 자신의 본실력이 아니다. 그러니 없었던 셈 치면 된다.

"맞아, 맞아. 그래서 시험지를 숨겼더랬지."

지금 생각하면 어이없으면서도 웃음이 나오는 초등학생의 영악한 꾀다. 그나저나 20수 년간 이걸 감춰서 간직해놓았던 나도 참 나다. 엄마가 엄청 무서웠던 것이리라. 그런 엄마도 4년 전에 돌아가셨다. 그렇게 무서웠던 엄마도 만년에는 그저 심약한 할머니였다.

엄마가 임종하던 순간이 떠올라 나오코는 눈시울이 뜨거워졌다. 눈물이 왈칵 터져 나오려던 차에 그림 한 장이 나타났다.

그 그림은 수납장에서 스르르 미끄러져 나오코의 시야로 뛰어들었다.

7대3 가르마, 역삼각형 윤곽의 약간 푸르스름한 얼굴, 그리고 검은색 뿔테 안경을 낀 중년 남자.

"아아, 이거—"

뭐라고도 형용할 수 없는 마음이 짜증과 함께 뱃속에서 솟구쳤다.

나오코는 거실 안쪽 문을 보았다.

왜 이런 그림을 그렸을까?

왜, 이 남자를?

왜?

그런 건 생각하기도 싫다.

이런 건 없었던 셈 쳐야 한다.

나오코는 그림 양 끝을 두 손으로 잡고 힘을 주었다.

하지만 화면의 시계가 눈에 들어와 현실로 되돌아왔다.

오전 2시 57분.

아차, 큰일 났다.

벌써 시간이 이렇게!

앞으로 다섯 시간 후면 이사업자가 오는데!

*

"저어, 실례합니다……."

나오코는 아주 나른한 표정으로 서 있는 점원에게 머뭇머뭇 말을 걸었다.

"필요 없는 골판지상자 있나요?"

"필요 없는 골판지상자?"

중년의 남자 점원이 나오코에게 심드렁한 시선을 던졌다.

아무것도 구입하지 않고 별안간 그런 걸 물어보는 건 역시 무례한 짓이었나.

나오코는 계산대 옆에 놓인 한 입 크기의 초콜릿을 네 개 집어서 내밀었다. 점원의 시선은 여전히 차가웠다.

"찐빵, ……네, 찐빵 주세요."

나오코는 즉시 찐빵이 들어 있는 온장고를 가리켰다.

"어떤 거요?"

쳐다보니 온장고에는 찐빵이 네 종류임을 알려주는 스티커가 붙어 있었다.

구십 엔짜리 보통 찐빵이면 됐겠지만, "디럭스 찐빵, 이 이백오십 엔짜리 디럭스 찐빵 주세요"라는 말이 어느새 입에서 튀어나왔다.

"디럭스 찐빵요. 몇 개 드릴까요?"

"으음. ……두 개."

나오코는 오른손 검지와 중지를 세우고는 그 두 손가락을 사진 찍을 때 브이를 그리듯이 얼굴 가까이에 대고 빙긋 웃었다.

삼십 대 중반의 여자가 편의점에서 할 짓이 아니다. 안다. 하지만 남자 앞에서는 저도 모르게 이렇듯 아양 떠는 태도를 취하고 만다. 길을 가다 지나치는 낯선 남자에게조차. 그 탓에 지금까지 얼마나 많은 오해와 곤경을 초래했던가. 그런데도 왜 이러는 걸까.

그건 분명 남자가 무섭기 때문이다.

아버지가 없어서 남자라는 생물에 대해 잘 모른다. 따라서 남자를 대하는 방법도 잘 모를 수밖에 없다.

그래도 어릴 적에는 천진난만하게 남자에게 어리광을 부리고 장난도 쳤지만, 근처 구멍가게 아저씨에게 한번 심하게 혼난 적이 있었다. 혼난 이유는 모른다. 어쩌면 물건을 슬쩍했다고 의심받았는지도 모르겠다. 물론 그런 짓은 하지 않았다. 그런데도 아저씨는 계속 불호령을 내렸다. 무서운 나머지 울지도 못할 만큼 움츠러들었다.

그 일이 있은 후로 남자, 특히 중년 이상의 남자가 너무 무서웠고, 줄곧 그들을 화나게 해서는 안 된다는 마음을 품고 살아왔다.

그 마음이 점점 부풀어 올라 어느덧 소위 '여우짓'이라는 갑옷을 몸에 걸치게 됐다. 중년 이상의 남자와 마주할 때만 걸치는 갑옷이지만, 그 덕분에 득을 볼 때도 적지 않았다. 중학교, 고등학교, 대학교를 다니며 나이 많은 남자에게는 귀여움과 비호를 받았다. 회사원 시절도 마찬가지였고 프리랜서가 된 후에도 '여우짓'의 갑옷은 크게 유용했다. 같은 여자들이 그걸 나쁘게 보고 뒷말을 한다는 걸 모르는 바는 아니었지만, 멈추지 않았다. 아니, 멈출 수 없었다.

이렇듯 처음 보는 편의점 점원에게까지 무의식적으로 아양을 떨 만큼, 여우짓은 호흡처럼 살아가기 위한 생리현상이나 다름없었다.

"곰팡지상자 있습니다. 몇 개 드릴까요?"

점원이 찐빵을 집게로 집으며 씩 웃었다. 나오코는 안심하고 어깨에서 힘을 뺐다.

"아, 두 개요."

"두 개면 되시겠어요?"

"그럼, ……세 개, 주시겠어요?"

나오코의 말에 점원의 시선이 문득 맞은편으로 향했다. 시선을 좇자 커피 메이커가 있었다. 그 옆에 골판지상자 몇 개가 쌓여 있는 것이 보였다.

"두 개면 되시겠어요?"

점원이 같은 질문을 했다. 목소리가 안 들렸나 싶어 나오코는 더 크게 말했다.

"세 개, 주시겠어요?"

"네?"

점원이 집게를 멈췄다.

"디럭스 찐빵, 세 개요?"

어? 뭐야, 그쪽?

아니, 디럭스 찐빵은 두 개면 충분하다. 하지만 점원은 이미 디럭스 찐빵을 하나 더 집었다.

뭐, 상관없나. 골판지상자를 받을 거니까, 그 대신이라고 생각하면.

아무리 그래도 이백오십 엔짜리 디럭스 찐빵을 세 개, 합쳐서 칠백오십 엔이나 낭비했어! 아, 초콜릿도 샀으니까 약 팔백 엔이나 날아간 셈이잖아! 이래서는 그냥 골판지상자를 사는 편이 훨씬 싸겠어.

애당초 골판지상자를 왜 더 많이 준비하지 않았을까. 이사 대금에 포함된 골판지상자는 대중소 크기 10개씩 총 30개. 그걸로 충분할 줄 알았다. 너무 많다는 생각까지 들었다. 그래서 "개당 오십 엔에 골판지상자를 추가할 수 있는데 어쩌시겠어요?" 하고 이사 업자가 물었을 때 "아니요, 됐어요" 하고 딱 잘라 거절했다. 우유 부단한 나오코의 성격치고는 아주 단호한 선택이었다.

하지만 지금 생각하건대 그때 개당 오십 엔에 골판지상자를 세 개 추가했으면 백오십 엔으로 끝날 일이었다. 이렇게 비가 펑펑 쏟아지는 밤에 걸어서 10분이나 걸리는 편의점까지 올 일도 없었 다. 덧붙여 팔백 엔이나 낭비할 일도!

역시 경제관념이 어정쩡하다고 할까, 딴에는 잘한다고 한 일이 죄다 기대에 어긋난다.

"혼자 오셨어요?"

점원이 디럭스 찐빵을 종이봉투에 넣으며 묻는다.

"네?"

"저 골판지상자 제법 크거든요. 세 개면 혼자 들고 가시기가 좀 힘들지 않을까 싶어서……."

"아, 괜찮아요. 이래 보여도 힘은 있는 편이라서요."

"끈으로 묶어드릴까요?"

"아…… 그래주시면 고맙죠."

"디럭스 찐빵, 세 개로 부족하지는 않으시겠어요?"

점원이 봉투 입구를 나오코 쪽으로 향했다.

뭔가 하고 싶은 말이 있는 듯한 눈치였다.

골판지상자를 주고, 들고 가기 편리하도록 끈으로 묶어주기까지 하는데 그 대가가 찐빵 세 개라니 너무 싼 거 아닌가? 마치 그렇게 말하는 것 같았다.

온장고를 보자 디럭스 찐빵이 하나 남아 있었다.

"아, 그럼 디럭스 찐빵을…… 하나 더."

*

"어우, 속 터져! 어우, 속 터져!"

나오코는 오른손으로는 우산을 들고, 오른팔에 편의점 봉지를 걸고, 왼팔로 골판지상자를 끌어안은 모습으로 걸음을 서둘렀다.

"진짜 속 터져! 결국 디럭스 찐빵을 네 개나 샀잖아!"

정말이지, 나는 왜 이렇게 우유부단한 걸까.

이러니까 그때도.

"어? 어쩐 일이세요?"

맨션 입구에 들어섰을 때 갑자기 말소리가 들려 나오코는 한순간 움츠러들었다.

쳐다보니 낯익은 얼굴이 관리인실의 작은 창문으로 고개를 내밀고 있었다.

이 맨션의 관리인 아오시마 씨다.

관리인은 이런 시간에도 일을 하는 걸까. 낮에만 있는 줄 알았는데.

"그게, 오늘은 특별한 사정이 있어서요. ……좀 번거로운 일이 생겨서 경비회사에서 호출했습니다."

경비회사?

"무슨 일 있었나요?"

"그게, ……좀." 아오시마 씨는 일단 말을 삼켰지만, 잠시 입을 우물거리다가 말을 꺼냈다. "괜찮으세요?"

"네?"

"요즘 수상한 사람이 이 부근을 어슬렁거려서요. ……최근에 뭔가 별다른 일은 없었습니까?"

"별다른 일? ……딱히요."

"이상한 냄새가 난다든가."

"냄새? ……아니요."

"그럼 됐습니다. 하지만 조심하세요. 특히 문단속은요. 창문도 꼭꼭 잠그시고요. ……아."

아오시마 씨는 이제야 생각났다는 듯 작게 손뼉을 쳤다.

"그러고 보니 오늘 이사하시던가요?"

"네, 맞아요."

"분명 아침 8시에 이사업자가 올 예정이라고 연락 받았는데요."

"네, 수고스러우시겠지만 잘 부탁드려요."

"비가 그칠 것 같아서 다행이네요. 일기예보를 보니 오늘은 하루 종일 맑을 거래요."

"그런가요, 그거 잘됐네요."

"그나저나 죄송합니다……."

"네?"

"이번 이사, 그 일이 원인이죠?"

"그 일?"

"옆집에 사시는 야마시타 씨."

"아아."

"지금도 시끄럽나요?"

"아니요, 지금은."

"그렇군요. 그래도 정말 여러모로 피해를 입으셨죠. 그 때문에 이사까지 가시고."

"그 일이랑 이사는 전혀 상관없어요. 마침 계약을 갱신할 시기에 마음에 쏙 드는 곳이 눈에 띄었을 뿐이에요."

"어느 쪽으로 가세요?"

"하치오지 쪽으로요."

"하치오지? 좀 머네요. 일은 괜찮으세요?"

"네, 프리랜서니까요. 출근 안 해도 되거든요."

"아 참, 그랬지. 일러스트레이터라고 하셨죠?"

"네, 뭐."

"이야, 대단하십니다. 존경스러워요. 저도 소싯적에는 그림을 좀 그렸지만, 그림만으로는 도저히 먹고살 수가 없어서 뜻을 꺾었습니다. 그런데 그걸 업으로 삼아 훌륭하게 살아가시다니."

"어휴, 무슨 말씀을."

"일러스트레이터라고 하면, 어떤 분야인가요?"

"잡지 삽화나 단행본 표지, ……상품 포장지 일러스트도."

"와, 대단하십니다. 정말 굉장해요."

"아니에요, 요즘은 일이 줄어서요. ……부끄러운 이야기지만 그래서 집세가 좀 싼 곳으로 이사하게 된 거예요."

"저런, 저런." 관리인은 과장되게 인상을 찌푸리며 고개를 저었다. "워낙 불경기니까요, 알 만합니다. 그런데 얼마 전까지는 그렇게 경기가 좋았는데, 이렇게 단박에 푹 가라앉다니 믿기지가 않네요."

"……정말로요."

"그런데 어디 다녀오시는 길입니까?"

"네?" 아오시마 씨의 시선이 골판지상자로 향했다. 숨길 일도 아니라서 나오코는 있는 그대로 말했다.

"편의점에…… 골판지상자를 받으러 다녀왔어요."

"골판지상자? 관리인실에도 있었는데, 말씀을 하시지."

"갑자기 필요해지는 바람에요."

"그렇군요. ……그럼 또 모자라면 말씀하세요."

"감사합니다."

아오시마 씨의 시선이 이번에는 편의점 봉지로 향했다. 이것도 전혀 숨길 일이 아니다. 나오코는 말했다.

"찐빵이에요, 디럭스 찐빵."

"찐빵요? 맛있겠군요. 그것도 디럭스라니, 광고에 나오는 그거 맞죠? 돼지고기랑 새우랑 가리비가 든 찐빵. 하지만 이백오십 엔이나 하잖아요? 좀 비싸더라고요. 찐빵에 이백오십 엔은, 아무래도 망설여지죠."

"……그렇죠."

"하지만 그 광고를 볼 때마다 다음에는 사 먹어봐야겠다는 생각이 듭니다. 돼지고기에 새우에 가리비라니, 맛있을 것 같잖습니까."

"……아, 그럼 이거 하나 어떠세요?"

"네?"

"좀 많이 사서요."

나오코는 오른팔에 건 편의점 봉지를 왼손으로 바꿔 들었다.

"……주신다고요?"

"네, 그럼요."

"아, 하지만…… 미안한데……."

"미안하기는요. 자, 어서요."

나오코는 편의점 봉지에서 찐빵을 하나 꺼내 관리인에게 내밀었다.

"감사합니다. 그럼 사양 않고……." 아오시마 씨는 찐빵을 받아 기쁜 표정으로 잠시 바라보았다.

그러다 고개를 휙 들더니 관리인의 얼굴로 말했다.

"앞으로 두 시간 반 남았군요. 준비 잘하세요."

*

하지만 수납장 안은 여전히 물건으로 넘쳐났다. 꺼내고 또 꺼내도 물건이 줄지 않는다. 꺼내놓는 만큼 어디선가 새로운 물건이 솟아나는 것만 같았다.

마치 악몽을 꾸는 듯한 기분이었다.

나오코는 제자리에 털썩 주저앉았다.

바닥에는 물건들이 세 무더기로 쌓여 있었다.

처분, 보관, 그리고 보류.

세 개 중에서 보류 무더기가 압도적으로 크고 높았다. 나오코는 그 무더기를 오랫동안 바라보았다.

무리다. 시간상 무리다. 아니, 성격상 무리다.

앞으로 한 시간 만에 보류해놓은 물건들을 구분하기는 도저히 불가능하다.

"아아아! 젠장!"

나오코는 머리를 싸안았다.

평소 억눌러두었던 울화통이 턱밑까지 차올랐다. 이대로 가다가는 폭발할 것 같았다.

"아아, 진짜 어쩌지!" 머리를 세차게 흔들었을 때 '보류' 무더기에서 하얀 뭔가가 데굴데굴 굴러떨어졌다.

"아, 이건 엄마…… 틀니."

엄마의 마지막 얼굴이 떠올라 목이 메었다. 나오코는 틀니를 '보관' 무더기에 살짝 올려놓았다.

엄마의 추억에 잠시 잠겨 있자니 보류 무더기에서 이번에는 단행본 한 권이 미끄러져 내렸다.

"아, 아아……."

길모퉁이에서 껄끄러운 사람과 딱 마주쳤을 때처럼 나오코는 쓴웃음을 지었다. 원래 같으면 달아나고 싶은 장면이지만 눈이 마주친 이상 인사하지 않을 수 없다는 듯 나오코는 그 책을 집어 들었다. 그건 나오코가 처음으로 표지 그림을 담당한 추리소설이었다. 문단의 중진인 베스트셀러 작가의 작품이라 이 책도 잘 팔렸다. 나오코가 어엿한 일러스트레이터로서 활약할 수 있었던 것도 다 이 책 덕분이었다.

"그래도 싫었지만."

나오코는 표지를 넘겨보았다. 담배를 문 채 포즈를 취한 초로 남자의 사진이 큼지막하게 박혀 있었다.

"진짜 밝히는 아저씨였지."

나오코는 진심으로 꺼림칙했지만 저쪽은 그렇지도 않았던 모양이다. 아니, 오히려 호의를 품었던 것 같다. 딱 한 번 술을 같이 마셨을 뿐인데, 그런데 이런 걸.

저자의 사진 밑에 메시지가 작게 적혀 있었다. 다음 주에 호텔에서 기다리겠다는 내용의 유혹 문구였다.

"어우, 소름이 쫙 끼치네."

나오코는 책을 '처분' 무더기에 던져 올렸다. 하지만 바로 마음을 바꿔 '보류' 무더기에 되돌려놓았다.

……아까부터 같은 짓을 계속 반복 중이네. 버렸다가 되돌려놓고, 버렸다가 되돌려놓고…….

역시 뭘 어떻게 해도 보류 무더기를 줄이기는 불가능해!

…….

옳지, 좋은 생각이 났다.

그럼 보류 무더기를 고스란히 새집으로 가져가자.

응. 새집에서 다시 고민하면 돼.

그렇다면 필요한 건 골판지상자. 아까 얻어 온 골판지상자다.

아니, 그 전에 버리기로 결정한 것부터 정리하자. 이게 없으면 마음부터 상쾌해질 테니까.

쓰레기봉지를 펼쳤을 때 그림이 발치로 휙 미끄러져 떨어졌다.

아까 찢으려다 말았던 그림이다.

나오코는 다시 그림을 집어 들었다.

7대3 가르마, 역삼각형 윤곽의 약간 푸르스름한 얼굴, 그리고 검은색 뿔테 안경을 낀 중년 남자.

다시 보니 잘 그렸다.

……참 잘 그렸다.

똑 닮았지 않은가.

야마시타 씨와.

왜 걔는 야마시타 씨 그림을 그렸을까?

어째서?

"엄마."

그런 목소리와 함께 거실 안쪽 문이 열렸다.

"아, 가오리. 깼구나? ……찐빵 먹을래?"

3

내가 그 그림을 그렸을 때 작지 않은 소동이 발생했다.

엄마가 유치원에 격렬히 항의한 것이다.

"아빠가 없는 아이도 있다는 걸 알면서 그런 과제를 내줘? 무신경한 데도 정도가 있어!"

지당한 주장이었지만 엄마가 강하게 나가면 나갈수록 내 입지만 좁아질 따름이었다.

적당히 웃어넘기면 됐으련만, 그 일 이후 선생님도 다른 아이들도 나를 무슨 건드리면 터지는 폭탄처럼 취급했다. 그뿐만이 아니었다.

"이 남자 누구야? 누구를 생각하고 그렸어?"

엄마가 꼬치꼬치 캐물어서 난감해 죽을 지경이었다.

아무도 생각 안 했어. 이런 아저씨 몰라!

나는 그렇게 우겼다.

하지만 실은 생각한 사람이 있었다.

바로 그 무렵 우리 옆집에 살던 남자였다.

이름은 야마시타.

야마시타 씨는 사십 대 후반의 아저씨로 어두운 분위기였지만, 우리 모녀를 여러모로 돌봐주었다. 금전적으로도 도움을 준 모양이었다. 우리 집에 올 때도 선물을 듬뿍 가지고 왔다.

야마시타 씨는 엄마와 결혼할 마음이었고, 내게도 그렇게 말했다. 그래서 나는 '아아, 야마시타 아저씨가 우리 아빠가 되는 거구나' 하고 희미하게 생각했다.

엄마도 야마시타 씨를 받아들인 것처럼 보였다. 엄마와 야마시타 씨가 알몸으로 부둥켜안고 있는 모습도 몇 번이나 목격했다. 유치원생이었지만 저러는 건 부부라는 증거라고 어렴풋하게나마 이해하고 있었다.

하지만 이제는 안다. 엄마는 야마시타 씨를 좋아하지 않았다는 걸. 오히려 싫어했다는 걸. 그런데도 야마시타 씨를 받아들인 건 엄마의 그 성격 탓이다.

그렇다, 엄마는 우유부단하다.

필요가 없는 물건을 사는 것도, 싫어하는 사람에게 웃는 얼굴로 대하는 것도, 일을 경솔하게 떠맡는 것도 전부 그 성격 탓이다. 내가 혼외자인 것도 분명. 그리고 지금까지 몇 번이고 이사를 되풀이한 것도 원인은 분명 그것이다.

14년 전에도 그랬다.

그때도 느닷없이 이사가 결정됐다. 엄마는 집세가 싼 곳을 찾았으니 이사를 간다고 했지만 어쩐지 핑계 같았다.

시간상의 자세한 순서는 이제 기억이 흐릿하지만, 내가 그 그림을 그리고 몇 달 후에 이사가 결정된 것 같다.

덧붙여 엄마가 압수한 그 그림이 어떻게 됐는지는 모른다. 나는 어린 마음에도 그림에 대해서는 잊어버리는 편이 낫겠다고 판단했고, 그러는 김에 야마시타 씨와도 교류를 삼가게 됐다.

그래도 야마시타 씨는 빈번히 우리 모녀에게 접근했다. 하지만 어느 날을 기점으로 야마시타 씨가 연기처럼 사라졌다.

엄마가 이사를 하겠다고 말한 건 바로 그때다. 초등학교에 막 입학한 나로서는 당혹스럽기 그지없었다. 드디어 친구도 생겼는데. 드디어 반 아이들의 이름도 다 외웠는데. 이사 가기 싫다고, 전학 가기 싫다고 떼를 썼지만, 엄마의 결심은 단단했다. 엄마는 평소에는 우유부단하면서 뭔가 스위치가 켜지면 무서우리만치 울화통을 터뜨린다. 예를 들면 유치원에 항의했을 때처럼. 엄마의 두 얼굴을 알고 있었던 만큼 나는 마지못해 이사를 받아들였다.

그리고 그로부터 일주일 후 우리 모녀는 하치오지로 이사했다.

우리가 새집에 보금자리를 틀고 짐 정리를 마쳤을 무렵, 야마시타 씨가 부패한 시체로 발견됐음을 텔레비전 뉴스로 알았다. 낯익은 얼굴이 텔레비전 화면에 커다랗게 나왔다.

"아, 야마시타 아저씨다!"

나는 소리쳤다.

초등학교 1학년이라 '부패한 시체'가 무슨 뜻인지는 몰랐지만, 야마시타 씨가 죽었다는 건 이해했다.

"야마시타 아저씨, 죽었어?"

"응, 죽은 모양이네."

내 물음에 엄마는 차갑게 대꾸했다.

그 옆얼굴을 보고 생각했다.

혹시 엄마가?

그러나 머릿속을 살짝 스친 의혹은 눈 깜짝할 사이에 의식 깊은 곳으로 가라앉았다.

그리고 지금.

엄마는 또다시 이사 준비에 쫓기고 있다. 다음 주가 내 성인식인데도 아랑곳없이 엄마는 갑자기 이사 가기로 결정했다.

엄마가 또 뭔가를 저질렀다.

나는 수납장을 올려다보았다.

이사할 때마다 수납장은 커진다. 14년 전까지는 벽장 위 칸 정도 크기로도 충분했는데, 이제는 폭 3.6미터 크기의 버젓한 수납장이다.

이 수납장에는 엄마의 비밀이 들어차 있다. 그 비밀은 해마다 늘어난다. 아마 내가 그린 야마시타 씨 그림도 이 안에 있으리라.

수납장 앞에 물건이 세 무더기로 나누어져 있었다.

'처분' 무더기, '보관' 무더기, 그리고 '보류' 무더기.

'보류' 무더기에서 낡은 단행본 한 권이 미끄러져 떨어졌다. 표지를 장식한 건 분명 엄마의 일러스트일 것이다. 여자가 남자를 죽이는 일러스트. 그리고 이 소설을 쓴 작가는 행방불명 상태다.

"가오리."

엄마가 골판지상자를 끌어안고 돌아왔다.

그때와 똑같다.

"가오리, 찐빵 먹을래?"

책상

7일, 사이타마현경 M서는 2일에 사이타마현 M시 D초의 폐기물 처리장에서 발견된 머리와 신체 일부가 없는 신원 미상의 시신을 부검한 결과, 삼사십 대 여성으로 판명됐다고 밝혔다. 올해 1월에서 4월 사이에 사망한 것으로 추정되며, 현재 M서는 사건과 사고 양쪽으로 조사를 진행 중이다.

1

"아직 시간이 이렇게밖에 안 됐나."

마나미는 접이식 의자에서 엉덩이를 앞으로 살짝 빼고 주먹 쥔 양손을 위로 쭉 뻗었다.

등에서 뚜두둑 소리가 났다.

아아, 달콤한 거 먹고 싶다.

맞다. 점심에 산 캐러멜 푸딩을 냉장고에 넣어뒀다. 슬슬 간식을 먹을까 싶어 자리에서 일어나려는데 전화벨이 울렸다.

"감사합니다. 데이토 이사센터입니다."

이 말을 할 때마다 어쩐지 쑥스러웠다. 데이토라니······(데이토帝都는 제국의 수도, 황거가 있는 도시를 가리킨다—옮긴이).

우선 여기는 사이타마현이고, 덧붙여 트럭이 두 대밖에 없는 영세 운송업체다. 사실 진짜 업체명은 '아오시마 운송'이다. 부품을 하청 공장에서 원청 공장으로 운반하는 게 본업이고, 이사 업무는 용돈벌이······ 즉 부업이다. 하지만 어느 틈엔가 이사 쪽에 중점을 두게 됐다고 들었다. 간판은 변함없이 '아오시마 운송'이지만, 이렇게 전화를 받을 때는 '데이토 이사센터'라고 말하도록 지시받았다.

참 까탈스러운 곳에 일하러 왔구나 싶었다.

마나미는 딱 일주일 전에 이곳의 구인 광고를 보고 면접을 받았다. '간단한 사무와 전화 담당'이라는 업무 내용과, 무엇보다 시급 천 엔에 끌려서 재빨리 전화를 해보았다. 전화를 받은 사장의 묘한 사투리가 마음에 걸렸지만, 그날 바로 면접을 보게 됐다.

문을 열자 당장이라도 부서질 듯한 접이식 의자에 무뚝뚝해 보이는 초로의 남자가 홀로 오도카니 앉아 커피를 마시고 있었다. 방금 사람을 죽이고 온 것마냥 인상이 험악한 데다 앞니가 두 개나 없었다. 목소리를 듣고 아까 전화를 받은 사장임을 알았다. 변함없이 사투리가 묘했다. 빠진 앞니 때문인지도 모르겠다고 생각하고 있는데 사장이 물었다.

"바깥양반은 어디서 일하시고?"

"R자동차의 기타사이타마 공장에서요."

R자동차의 이름을 듣자마자 사장의 태도가 호의적으로 바뀌었다. 표정도 누그러졌다. 사장은 커피에 설탕을 듬뿍 타더니 말했다.

"R자동차요. 우리 회사와도 거래하고 있답니다. 지난달에도 버리는 물건을 회수하러 다녀왔어요."

전혀 우연이 아니다.

이 지역은 R자동차의 소위 조카마치(城下町. 일본에서 전국시대 이래 영주의 거점인 성을 중심으로 형성된 도시를 가리킨다—옮긴이)로, 이 지역에서 장사를 하는 사람은 대부분 R자동차와 뭔가 관계가 있다.

"남편분은 어느 부서에?"

그 질문에 마나미는 작게 대답했다.

"……설계부 쪽에……."

"아아, 설계부요! 그럼 핵심 부서로군요! 거기 부장이랑은 옛날부터 알고 지내는 사이입니다!"

이런 식으로 이야기에 탄력이 붙어 일사천리로 채용이 결정됐다.

"내일부터 나올 수 있겠어요?"

"네, 그럼요!"

"그럼 근무 내용 말인데요—"

출근은 토, 일, 월, 화, 수. 아침 10시부터 오후 4시까지. 점심시간 한 시간을 제하고 근무시간 다섯 시간에 시급은 천 엔. 즉, 하루 오천 엔에 20일 일한다고 치면 한 달에 십만 엔이다.

이만하면 생활에 큰 보탬이 된다. 회사도 집에서 자전거로 10분 거리다. 주부 입장에서는 아주 조건이 괜찮은 파트타임 일거리다. 주말에 출근해야 한다는 게 흠이었지만, 성수기가 지나면 주말에도 쉬어도 된다기에 바로 결심을 내렸다. 그리고 그다음 날부터 출근했다.

하지만 바로 후회했다.

출근 첫날인 토요일은 하늘과 땅이 뒤집힌 것처럼 경황이 없었다. 우락부락한 인부들이 연신 드나들며 고래고래 고함을 질러댔다. 마나미는 뭘 해야 할지 몰라 우왕좌왕할 뿐이었다. 마치 쓰키지 어시장의 참치 경매에 내던져진 듯한 기분이었다. 다음 날 일요일은 더 북새판이라 대체 어떻게 다섯 시간을 보냈는지 잘 기억도 나지 않았다. 점심은 먹었지만 뭘 먹었는지도 잊어버렸다.

그리고 사흘째인 월요일. 이날 드디어 안정을 찾아 직장과 업무 내용을 냉정하게 돌아볼 수 있었다.

직장은 연필처럼 가느다란 3층 건물의 2층, 50제곱미터가 될까 말까 하니 사무실치고는 좁은 공간이다. 게다가 오만 가지 물건이 넘쳐나서 더 비좁아 보인다.

……사무실 크기에는 어울리지 않게 거대한 캐비닛, 뭘 구분하는지 잘 모를 훌륭한 파티션, 아무것도 적히지 않은 화이트보드, 묘하게 세련된 선반, 다리가 휘우듬한 로코코양식 테이블, 이 또한 로코코양식인 벽거울, 전원 느낌이 나는 꽃무늬 커플소파와 더불어 여기저기 흩어져 있는 지저분한 접이식 의자. 벽에는 추상적인 민속화부터 중후한 유화 풍경화까지 그림을 여섯 점 걸어두었다. 더 나아가 수묵화 족자까지. 벽 구석에는 수상한 항아리도 세개. 그리고 사무 책상. 책상 세 개는 각각 다른 종류다.

2층은 이런 느낌이고 1층은 창고, 3층은 사장의 자택이라고 한다. 사장은 미혼이지만 누나라는 여자와 같이 산다나 뭐라나. 이 여자가 사무와 경리 전반을 담당하는데, 그녀를 돕는 것이 마나미의 주된 업무라고 했다.

여자는 '아쓰코'라고 본인을 소개했다. 주말에는 얼굴을 내밀지 않아 월요일에 드디어 만날 수 있었다.

"미안해. 주말에 볼일이 좀 생기는 바람에 못 왔어. 많이 힘들었지? 정말 미안해."

아쓰코 씨는 어깨에 멘 샤넬 백을 요란스레 흔들며 오래 알고 지낸 친구에게 하듯이 마나미의 손을 꼭 쥐었다. 더운지 손에 땀이 흥건했다.

"마나미 씨가 와줘서 진짜 살았어. 저번 사람이 갑자기 그만두는 바람에 난감했었거든."

아쓰코 씨가 손에 힘을 주었다. 아팠다. 내려다보니 손가락에도 샤넬 로고가 보였다. 하나…… 세 개나 끼고 있었다.

"정말이지 요즘 젊은 사람들은 못 믿겠다니까. 조금만 마음에 안 들면 당장 그만두질 않나, 그것도 메일로 그만두겠다고 일방적으로 말이야."

"메일로요……?"

"그런 점에서 마나미 씨는 신뢰가 가. 마나미 씨, 1960년생이지? 나랑 같은 세대야. 역시 나이가 비슷해야 이야기가 잘 통해서 좋지. 마나미 씨, 포리브스(1968년에 데뷔한 남자 아이돌 그룹―옮긴이) 중에서는 누구야?"

"네?"

"난 타보. 마나미 씨는?"

"저는…… 고짱……이려나?"

"그럴 줄 알았어! 마나미 씨는 딱 그런 느낌이거든." 아쓰코 씨가 손에 더 힘을 주었다. "꼭 오래 일해주면 좋겠다. 기대할게."

그리고 손을 놓더니 마나미를 접이식 의자에 앉혔다.

"여기가 마나미 씨 책상이야. 여기서 일하도록 해."

사무 책상에는 노트북과 전화기, 그리고 연필꽂이와 공책이 놓여 있었다.

"모자란 게 있으면 서랍을 열어서 적당히 찾아봐. 어지간한 사무용품은 싹 갖춰놨으니까. 저번 사람의 개인용품이 들어 있을지도 모르지만, ……써도 상관없어. 어차피 필요 없으니까 놔두고 갔겠지."

저번 사람은 왜 그만뒀을까, 물어볼까 망설이는 사이에 아쓰코 씨는 다음 화제를 꺼냈다.

"그럼 일단 업무를 설명해볼까? 어려울 것 하나 없어. 해야 할 일은 두 가지."

아쓰코 씨는 샤넬 반지를 낀 손가락으로 브이를 만들어 마나미 얼굴 앞에 들이댔다. 더위를 몹시 많이 타는 체질인지 블라우스 겨드랑이 부분에 땀에 젖은 자국이 커다랗게 보였다.

"첫 번째는 전화 당번. 이사를 의뢰하는 고객 전화를 받는 거야. 고객 이름과 전화번호, 주소만 적어봐. 견적이나 이사 일정 같은 세부 사항은 나중에 내가 전화해서 정하면 되니까."

아쓰코 씨는 새빨갛게 칠한 주름진 입술을 한 번 핥은 후 말을 이었다.

"그리고 두 번째는 불만 대응. 우리 회사 인부들이 전부 초짜 아르바이트생들이라 일솜씨가 거칠어. 그래서 불만이 제법 들어오거든. 그걸 잘 받아줬으면 해. 에이, 하나도 안 어려워. 이것도 고객의 이름과 전화번호를 적어두면 나중에 내가 대응할게."

그리고 아쓰코 씨는 할 말을 다 했다는 듯 손가락을 튕겼다. 물론 샤넬 반지를 낀 손가락으로.

"아무튼 낮에는 동생도 나도 거의 자리를 비우니까 마나미 씨 혼자…… 사무실을 봐야 하는 셈이지."

아쓰코 씨의 이마에서 굵은 땀방울이 두 개 흘러내렸다.

"아아, 안 되겠다. 더는 못 견디겠어!"

그렇게 말하며 아쓰코 씨는 부리나케 냉장고로 달려갔다. 그리고 익숙한 손놀림으로 어떤 용기를 꺼냈다.

그것은 미국 드라마에 나올 법한 초대형 사이즈의 아이스크림이었다. 어디에 감춰놨았는지 아쓰코 씨는 어느 틈엔가 스푼을 쥐고 있었다. 그리고 이제 한계라는 듯 아이스크림을 마구 퍼먹었다.

그로부터 5분 후. 아이스크림을 다 먹어치운 아쓰코 씨는 "휴우우우" 하고 깊은 한숨을 내쉬며 비슬비슬 접이식 의자에 주저앉았다. "아, 살겠다."

"저어……."

마나미가 머뭇머뭇 말을 걸자 아쓰코 씨가 입을 열었다.

"미안해. 가끔 저혈당이 오거든."

"……저혈당?"

"하지만 걱정 마. 단 걸 먹으면 바로 괜찮아지니까."

"아, 네……."

"마나미 씨도 냉장고 마음대로 써. 아, 하지만 냉동실에 있는 건 우리 거야."

"네, 물론 남의 물건에는 손 안 대죠."

"맞다. 마나미 씨, 고기는 좋아해?"

"네? ……네, 좋아하는데요."

"그럼 다음에 고기 먹으러 가자. 내가 살게."

"감사합니다."

"그럼, 전화 당번 잘 부탁해. 어렵게 생각할 것 없이 마음 편하게 하면 돼. ……그럼 난 이만."

마음 편하게라. 확실히 듣기만 하면 간단한 업무지만, 이게 의외로 고된 일이라 스트레스가 쌓였다.

오늘로 나흘째. 마나미는 평생 동안 꺼내놓을 '죄송합니다'를 벌써 다 말한 기분이었다. 그리고 이번에도 불만 전화이리라.

"감사합니다. 데이토 이사센터입니다."

정해진 문구를 재빨리 말하고 바로 말을 이었다.

"무슨 일로 전화 주셨는지요?"

*

아니나 다를까 불만 전화였다.

열흘쯤 전에 버리는 물건을 팔겠다고 한 여자라고 했다.

그러고 보니 이사할 때 버리는 물건도 매입한다고 들었다. 1층 창고는 그렇게 마련한 재활용품들로 가득하다는 모양이다.

여자 말로는 냉장고를 매입하겠다고 해놓고 제조일자로부터 3년이 지났다는 둥, 부품이 모자란다는 둥, 색깔이 분홍색이라는 둥 온갖 트집을 잡더니만 대형쓰레기 처리 비용으로 이만 엔을 받아 갔다고 한다.

"그때는 이사하느라 정신도 없었고, 냉장고가 두 대나 있어봤자 소용없으니까 돈을 냈지만요. 원래 견적을 낼 때는 매입하기로 했었잖아요? 그런데 왜 우리가 돈을 내야 하는 건데요? 제조일자로부터 3년이 지났다던데, 나중에 알아보니 2년밖에 안 지났던데요? 그리고 설명서와 대조해봐도 모자란 부품은 하나도 없었어요. 제일 열받는 건 색깔 고르는 센스가 없다고 한 거예요. 분홍색이 뭐 어때서요!"

"저어, 왜 그렇게 새 냉장고를 버리려고 하셨어요?"

원래는 적당히 맞장구를 치며 상대의 불만을 들어주는 역할이지만, 그만 끼어들고 말았다.

"결혼해서 남편 집으로 들어갔으니까요! 냉장고는 벌써 있다고요!"

"아아, 그렇군요."

"냉장고만 그런 줄 알아요? LED조명이랑 액정텔레비전이랑 침대도! 전부 이러니저러니 트집이나 잡고! 그야 냉장고만큼 새 물건은 아니지만! 그래도 아직 쓸 만한 물건들이라고요! 견적을 낼 때는 무료로 회수해 가겠다고 해놓고 그것들도 처리비로 삼만 엔을 뜯어 갔어요! 냉장고랑 합치면 오만 엔이라고요!"

여자는 그 후로도 5분은 더 불만을 토로했다. 지당한 주장이었다. 폐기물로 회수하더라도 오만 엔은 좀 과한 것 같았다. 특히 냉장고. 그냥 재활용요금을 내고 처분하면 만 엔도 안 든다.

……어라? 혹시 저 냉장고.

마나미는 사무소 안쪽을 보았다. 이 살벌한 사무실에는 전혀 어울리지 않게 확 튀는 분홍색 냉장고. 아직 신품이나 마찬가지인 저 냉장고는 가전제품 대리점에서 사도 십만 엔은 줘야 하리라. 아니, 그 가격으로 판매되는 걸 지난달에 봤다. 중고품으로 팔아도 이삼만 엔은 받을 수 있지 않을까?

와, 순 날강도. 이만 엔을 받고 회수해 온 물건을 천연덕스럽게 사용하고 있어? 신품이나 마찬가지인 냉장고를 손에 넣은 것도 모자라 이만 엔도 꿀꺽?

사실 이런 유의 불만이 처음은 아니었다. 이야기를 잘 들어보면 견적을 냈을 당시보다 비용이 더 들어갔다는 불만의 대부분이 버리는 물건 매입과 관련이 있었다. 개중에는 버리는 물건이 아닌데 짐이 분실됐다는 불만도 몇 건 있었다. 아무래도 이사하느라 정신없는 틈을 타 인부가 고객의 물건을 무단으로 가져간 듯하다. …… 말할 것도 없이 절도다.

혹시 여기, 위험한 회사 아닐까?

애당초 이사 요금을 너무 대략적으로 설정해놓았다. 어느 업체보다도 낮게 견적을 내고, 실제로는 어느 업체보다도 돈을 많이 받아 가는 경향이 있다. 버리는 물건을 유료로 회수하는 것도 그러한 수법 중 하나 아닐까? 그것도 된통 바가지를 씌워서.

전화를 건 고객도 그 점을 의심했다.

"이거 사기 친 거죠?"

그리고 이런 말도 했다.

"경찰에 상담할까요?"

등줄기가 서늘해졌다. 나는 아무 잘못도 없는데.

"그럼 나중에 다시 전화 드리겠습니다."

마나미는 그렇게 말하고 서둘러 전화를 끊었다.

2

"확실히 좀 수상하네."

남편이 웬일로 장단을 맞춰주었다. 그 어두운 눈동자에 빛이 약간 깃들었다.

"그렇지?" 마나미는 이때라는 듯이 이야기를 이어나갔다. "사장의 누나라는 사람도 어쩐지 수상해. 샤넬 반지를 줄줄이 끼고 다닌다니까. 사무실도 뭔가 이상하고. 낡아빠진 접이식 의자가 있는가 하면, 묘하게 고급스러워 보이는 테이블도 있어. 아무튼 죄다 뒤죽박죽이야. 통일감이 전혀 없어. ……어쩌면 전부 고객한테서 훔쳐 온 물건일지도 모르겠네."

"아무리 그래도 그건 아니겠지."

"하지만 냉장고는 분명히 속여서 받아 온 거야. 틀림없어."

"그런 식으로 재활용 사업을 했다가는 고물상 허가증을 박탈당할 것 같은데. ……혹시 무허가 아니야?"

"뭐, 확실히 그럴지도. 이사 업무 쪽은 모르겠지만, 적어도 재활용 관련해서는 무허가 같아."

"계속 일해도 괜찮겠어?"

"음. ……당신 공장이랑도 거래하고 있다니 괜찮지 않을까?"

"우리 공장이랑?"

"응, 그렇게 말하던데. 특히 설계부하고는 연고가 있는 모양이고—" 마나미는 흠칫하며 도중에 말을 꿀꺽 삼켰다. 그리고 된장국을 휘저으며 말했다.

"하지만 일 자체는 편해. 무엇보다 주간에는 혼자고."

"혼자 일해?"

"응. 가끔 사장이랑 사장 누나가 얼굴을 내밀지만, 기본적으로는 혼자야. 평일은 개점휴업 같은 느낌이랄까? 대신 주말에는 눈이 핑핑 돌 만큼 바쁘지만."

"하지만 혼자 있으면 따분해서 오히려 피곤하지 않아?"

"그게, 의외로 안 그렇더라고. 제법 자주 오는 전화를 받다 보면 순식간에 시간이 지나가."

"그렇구나. 그거 다행이네." 남편은 젓가락을 내려놓고 찻잔을 움켜잡았다. "나는…… 남아도는 시간을 주체 못 하겠는데."

그리고 탁한 한숨을 테이블이 꺼져라 내쉬었다. 이게 벌써 몇 번째인가.

구체적인 이야기는 하지 않지만, 지금 있는 자리가 꽤나 지내기 버거운 모양이었다.

'설계부'에서 '부품관리실'이라는 부서로 이동한 지 약 1년. 명칭은 훌륭하지만 한직인 듯했다. 실제로 급료도 낮아졌고, 일도 원하는 만큼 시켜주지 않는 모양이다. 야근의 연속이었던 나날이 꿈이었던 것처럼 이렇게 매일 오후 7시에는 함께 식탁에 둘러앉는다. 하지만 남편은 식사를 즐기는 낌새가 아니었다. 야채샐러드와 두부 햄버그를 보면서 한숨만 쉰다.

어쩌겠어. 당신이 건강관리를 제대로 안 해서 몸이 망가진 탓에 이동된 거잖아? 어디 지방으로 날아가지 않은 것만 해도 어디야.

그런 말로 달래보지만, 남편의 한숨은 날마다 늘어만 간다.

"그만두고 싶어."

혹시 그런 말이 튀어나오지는 않을까 요 1년간 얼마나 마음을 졸였는지 모른다.

급료는 낮아졌지만, 그래도 남편의 수입은 생명줄이다. 파트타임 수입만으로는 절대 한 집안을 지탱해나갈 수 없다.

그러니까 남편이 버텨줘야 한다.

대학생인 아들은 자취를 해보고 싶다는 건방진 소리를 늘어놓더니만 도쿄로 올라갔다. 다달이 생활비를 보내주느라 등골이 빠질 지경이다. 딸은 올해 대학 수험생이다. 이 또한 돈이 든다.

그러니까 남편은 아직 일을 그만둬서는 안 된다.

한직인데 뭐 어쩌라고. 일이 없어서 괴로워? 배부른 소리 하고 있네! 세상에는 더 비참한 사람이 얼마든지 있다고.

"참, 내 동창생인 스즈키 있잖아. 남편이, 뭐라더라? 아무튼 아프리카의 어떤 나라로 혼자 전근 간대."

마나미는 된장국을 먹으며 말했다. 아래에는 더 아래가 있는 법이야. 단번에 이름도 생각나지 않을 나라로 날아가는 것보다는 몇 배나 낫잖아? 일단 일본 간토 지방 소재의 공장에 머물렀으니까. 그러니 힘내라는 뜻을 담은 말이었다.

"아프리카라…… 좋겠다, 나도 가보고 싶네……."

그런데도 남편은 가벼운 투로 대꾸했다.

어휴, 정말!

"갈 거면 혼자 가. 난 절대 여길 안 떠날 거니까."

그래. 도심까지 두 시간도 넘게 걸리는 사이타마의 변두리지만, 간신히 마련한 내 집에는 애착이 깊다.

나는 평생 여기 살 거야!

마나미는 그런 결의를 담아 된장국을 후루룩 들이켰다. ……된장을 좀 많이 넣었는지 매웠다. 입가심으로 단걸 먹고 싶었다.

"아."

맞다. 캐러멜 푸딩. 회사 냉장고에 넣어두고 그냥 왔다.

"아프리카라……."

남편의 혼잣말이 이어졌다. 눈빛이 흐리멍덩하면서도 맑아 보여서 묘했다.

"나, 아프리카에서 사냥해보는 게 어린 시절 꿈이었어. ……초등학생 때 늦은 밤에 갈티에로 자코페티(이탈리아의 영화감독. 세계 각국의 기괴하고 엽기적인 풍습을 다큐멘터리 형식으로 다룬 영화 〈몬도 카네〉로 유명하다—옮긴이)의 영화를 본 후로, 아프리카를 아주 동경했지. ……뭐랄까, 맛있을 것 같더라고."

아프리카 이야기를 꺼내는 게 아니었다. 남편의 4차원 스위치를 눌러버린 모양이다.

"자코페티의 영화 알아?"

아직도 그 소리다.

하지만 뭐, 뚱하니 아무 말도 없는 것보다는 낫나. 이야기를 들어주도록 하자.

마나미는 테이블 구석에 있는 과자 상자를 끌어당겨 뚜껑을 열었다. 하지만 비어 있었다. 아아, 맞다. 과자를 사서 쟁여두는 건 그만뒀지.

……언제였던가, 남편이 밤중에 일어나 집에 있는 과자를 싹 다

먹어치운 적이 있었다. 비상식량으로 간직해둔 건빵과 통조림도. 결국에는 설탕에까지 손을 댔다. 그야, 하루 1,400칼로리로 식사를 조절하면 힘들겠지. 당신, 대식가인걸. 게다가 정말 좋아하는 당분과 육류를 철저하게 제한하고 있으니. 하지만 그걸 안 지키면 당신, 죽는다니까? 즉사라면 또 모를까, 어설프게 투병 생활이라도 시작했다가는 우리 집은 끝장이야. 간병이나 하고 있을 여유는 없다고. 그러니까 내가 애쓰는 거 아니야. 이렇게 칼로리를 계산해서 식사를 준비하고 같이 먹어주잖아. 나도 단걸 엄청 좋아하는데. 예전에는 먹고 싶을 때 먹을 수 있도록 여기저기 과자를 놔뒀는데. ……지금은 식후 디저트도 마음대로 못 먹는다. ……아아, 디저트 먹고 싶어!

아, 그러고 보니 부엌 바닥 밑 수납공간의 안쪽에 말린 고구마를 숨겨놨다. 본가에서 보내준 거다. 신문지에 싸서 밀폐용기에 넣고, 다시 비닐봉지에 넣었으니 남편은 아직 찾아내지 못했을 터. 남편이 잠들면 진한 차와 같이 먹자.

……상상만 해도 침이 꿀꺽 넘어갔다. 말린 고구마, 말린 고구마. ……아아, 지금 당장 먹고 싶다!

남편이 화장실에 가자 마나미는 서둘러 테이블을 떠났다.

"뭐 해?"

수납공간의 덮개를 열려고 했을 때 남편이 물었다.

마나미는 즉시 수납공간을 몸으로 가렸다.

"아니야. 잠깐, ……밀폐용기 좀 찾느라고."

"밀폐용기?"

"응. ……그런데 없나 보네."

마나미는 적당히 얼버무리고 슬쩍 몸을 일으켰다.

3

"아아, 드디어 내일이 휴일이구나."

남편에게는 '편하다'고 허세를 부렸지만, 여러모로 일주일간 정신적 스트레스의 연속이었다. 주간에는 분명 혼자일 때가 많았지만, 그렇다고 마음대로 활개 칠 수 있는 건 아니다. 사장도, 아쓰코 씨도 언제 불쑥 나타날지 모르기 때문이다.

게다가 주 업무인 전화 당번도 좀처럼 긴장을 늦출 수 없다. 점심시간이나 불가피하게 자리를 비워야 할 때는 자동응답기로 전환하는데, 가끔 아쓰코 씨가 전화를 걸기도 하므로 여간해서는 자리도 못 비운다.

그 결과, 점심도 편의점에 달려가 도시락을 사 와서 먹게 됐다.

지금도 김 도시락(밥과 반찬 사이에 커다란 김이 덮인 도시락—옮긴이)과 디저트로 콩 찹쌀떡을 다 먹은 참이었다.

"아아, 드디어 내일이 휴일이구나."

마나미는 되풀이해 말했다. 오늘은 아직 평일인 수요일이지만 목, 금이 휴일인 마나미에게는 불금이나 다름없다. 어쩐지 마음이 들떴다.

"뭐, 휴일이라고 특별히 할 일이 있는 건 아니지만."

그래도 오늘은 케이크라도 사서 조촐하게 축하하자. 일주일간 고생한 자신에게 주는 상이다. 남편에게는 물론 비밀이다. 혼자 몰래 먹는 거다. 진하고 뜨거운 홍차와 함께. 홍차는 역시 얼그레이가 좋을까? 우유도 듬뿍 타서.

아아, 빨리 먹고 싶다고 생각하며 목을 꾹꾹 주물러서 풀어주고 있을 때였다. 분홍색 냉장고가 눈에 들어왔다.

아, 맞다. 캐러멜 푸딩.

방금 디저트를 먹었지만, 냉장고를 의식한 순간 디저트가 들어갈 배가 또 하나 입을 떡 벌렸다.

하나 더 먹을까. ……아니야, 참아야지. 오늘은 케이크를 사서 갈 거니까. 역 앞 빵집의 마롱롤케이크. 조금 비싸지만 피로가 단숨에 날아가버릴 만큼 맛있다.

하지만 저 캐러멜 푸딩, 토요일까지 놔둬도 괜찮을까? 유통기한이 언제까지더라?

유통기한을 확인하려고 냉장고를 열었지만 캐러멜 푸딩은 없었다.

뭐야.

어째서?

아, 그러고 보니 어제 아쓰코 씨가 나랑 엇갈려서 사무실에 들어갔는데. 땀을 줄줄 흘리며 당장이라도 죽을 것 같은 얼굴로.

설마 아쓰코 씨가?

내게는 남의 걸 먹지 말라고 못을 박았으면서?

아니면 자기 것으로 착각한 걸까?

분명 그럴 거야. 다음부터는 이름을 써놔야지.

그런 생각을 하며 냉장고를 멍하니 보고 있자니 전화벨이 울렸다. 점심시간 한 시간이 막 끝난 참이었다. 마나미는 자동응답기가 작동하기 전에 수화기를 들었다.

하지만 잘못 걸려 온 전화였다. 그 후로 전화는 없었다.

시계를 보자 2시에 가까웠다. 그야말로 버거운 시간이다. 할 일이 없는 데다 강력한 식곤증까지 몰려온다. 하다못해 전화라도 오면 정신이 들 텐데. 마나미는 전화기를 노려보았다.

전화기 옆에는 노트북.

기계에 해박한 사람이라면 컴퓨터를 가지고 시간을 때우겠지만, 공교롭게도 마나미에게 그런 재주는 없었다. 핸드폰도 메일을 보내는 정도가 고작이었고, 인터넷에도 그다지 흥미가 없었다.

"남아도는 시간을 주체 못 하겠는데."

문득 남편의 말이 떠올랐다.

남편도 지금쯤 이런 시간을 보내고 있을까?

그야말로 따분함 지옥이었다. 언젠가 남편이 한 말인데, '따분함이 지옥이라니, 참 살판났네' 하고 그때는 생각했다. 하지만 지옥이라는 말이 딱 어울린다.

아니, 차라리 지옥이 나을지도 모른다. 피로 가득한 연못에 들어가거나, 옥졸들에게 쫓겨 다니는 등 여러 가지 이벤트가 넘쳐나지 않은가. 분명 시간도 빨리 갈 것이다.

그런데 지금은 어떤가. 한 10분은 지나지 않았을까 싶어 시계를 보았지만 1분도 지나지 않았다. 아아아, 이래서는 퇴근 시간인 4시가 될 때까지 1년은 걸릴 것 같았다.

"후우우우."

남편처럼 한숨을 쉬다가 "아" 하고 좋은 생각이 번뜩였다.

맞다. 청소. 청소를 하자.

어제도 몸이 배배 꼬일 정도로 따분해 사무실을 약간 정리해보았다. 그러자 광고지가 한 뭉치나 나왔다. B5 용지 크기의 광고지다. 퇴근하기 전에 잠깐 얼굴을 내민 사장에게 물어보자 전에 만들었는데 오자가 있어서 사용하지 않은 것이라고 한다. 하지만 종이 질이 좋고 비용도 나름대로 들었으므로 버리기가 아까워서 일단 처박아두었다는 모양이다.

듣고 보니 확실히 질 좋은 종이였다. 게다가 뒷면은 백지였다. ……메모에 적당할지도? 그래, 메모지로 쓰면 되겠다.

"메모지로 사용해도 될까요?" 사장에게 허가를 구하고 마음대로 하라는 승낙을 받았을 때 퇴근 시간이 됐다.

"맞아, 메모지를 만들려고 챙겨놨었지."

마나미는 책상 옆에 쌓아둔 광고지 다발을 보았다.

이 양이라면 메모지를 수북하게 만들 수 있다. 이 B5 용지를 4등분하고 가장자리에 풀을 발라서 붙인다. 한 묶음에 200장짜리 메모장이 10묶음은 나오지 않을까? 하루에 두 묶음씩 만든다 치면 이걸로 닷새는 시간을 때울 수 있다.

마나미는 갑자기 몸에 활력이 도는 것 같았다.

"으랏차."

그럼 일단은 가위와 풀부터 준비해야지.

가위와 풀, 풀과 가위······.

안 보인다. 그러고 보니 요 닷새 동안 한 번도 눈에 들어온 적 없었다.

맞다, 사무용품이 필요하면 책상 서랍을 적당히 찾아보라고 했지.

앞쪽 서랍은 벌써 몇 번이나 여닫았지만, 필기구만 들어 있을 뿐 풀과 가위는 없었다.

그럼, 하고 마나미는 오른쪽에 달린 3단 서랍을 위에서부터 순서대로 열어보았다.

*

오늘 처음으로 그 서랍을 열었다.

3단 서랍의 제일 아랫단.

열려고 한 번 당겨봤지만 잠겨 있는지 열리지 않았던 서랍이다.

하지만 오늘 그 사실을 깜박하고 힘껏 당겨보자 부드럽게 열렸다. 잠겨 있던 게 아니라 뭔가 걸렸었던 모양이다.

서랍에 들어 있는 것들은 척 보기에도 개인물품이었다.

곰 캐릭터가 그려진 오렌지색 머그컵, 역시 곰 캐릭터가 그려진 양치질 세트, 그리고 생리용품.

그리고 인기 브랜드의 토트백과 파우치가 몇 개. 아마도 패션잡지의 부록이었으리라. 안쪽에 패션잡지도 몇 권 보였다.

저번 직원은 의외로 젊은 사람이었을지도 모르겠다. 그러고 보니 요즘 젊은 사람들은 어쩌니 저쩌니 아쓰코 씨가 불평을 했더랬지.

"정말이지 요즘 젊은 사람들은……."

패션잡지를 꺼낸 마나미는 혀를 쯧쯧 찼다.

"이렇게 짧은 치마를 입다니, 팬티가 훤히 다 보이겠어."

까딱하면 속이 보일 것처럼 짧은 미니스커트를 입은 표지모델이 나른한 웃음을 짓고 있었다. 앞섶이 크게 벌어져 비쩍 마른 가슴께도 드러났다.

"이래서는 패션잡지가 아니라 도색잡지지. 도색잡지치고는 생기가 너무 없지만."

모델은 당장이라도 부러질 것처럼 가녀렸다. 분명 다이어트를 너무 심하게 해서 이렇게 어두운 웃음밖에 나오지 않게 된 것이리라. 이 빈궁한 표정 좀 보라지. 눈이 커 보이도록 아무리 속눈썹을 달고 아이라인을 그려본들, 이래서는 그냥 죽은 물고기 눈이잖아. 전혀 매력적이지 않다.

아아, 그런데 이 패션은 뭐람. 이것도 그렇고 저것도 그렇고 하나같이 헐렁한 자루 같잖아. 요즘은 이런 게 유행인가?

아까 따분함 지옥에서 괴로워하던 게 꿈이었던 것처럼 마나미는 시간 가는 줄도 모르고 패션잡지를 넘겨나갔다. 문득 시간을 확인하자 어느덧 30분이나 지나 있었다.

"어머나, 벌써 시간이 이렇게 됐네."

……그나저나 뭘 하려고 했더라? 아아, 맞다. 메모지. 메모지를 만들려고 풀과 가위를 찾는 중이었지, 참.

이 서랍에는 없는 모양이네.

패션잡지를 넣고 서랍을 닫으려고 했을 때 뭔가 걸리는 느낌이 들었다.

서랍을 들여다보니 안쪽에 뭔가가 끼여 있었다. 하얀 종이 같았다. 아마 처음에 서랍을 열려고 했을 때 안 열린 건 저게 끼여 있었기 때문이리라. 이번에 힘을 주어 열면서 종이가 안쪽으로 밀려 들어간 모양이었다.

아무튼 이대로는 완전히 닫히지 않는다.

마나미는 몸을 구부리고 최대한 팔을 뻗어 종이를 꺼냈다.

뭐야, 이거.

마나미는 서랍에서 꺼낸 종이 뭉치를 바라보았다. A4 용지 다섯 장. 뭔가가 인쇄되어 있다. 하지만 잘못 인쇄한 듯 분홍색 형광펜으로 커다랗게 가위표를 쳐놓았다.

하지만 뒤집어보니 글이 적혀 있었다. 연필 글씨로 종이 이쪽 끝부터 저쪽 끝까지 빼곡하게.

무슨 메모인가?

……그런 것치고는 글씨가 너무 많다. 메모라기보다는 일기, 또는—

맞다, 이거 편지 아닐까?

마나미가 그렇게 판단한 건 '누군지 모를 당신에게'라는 첫머리와 '긴 사연 읽느라 고생 많으셨습니다'라는 끝머리 때문이었다.

그나저나 편지를 이런 이면지에 쓰나? 그것도 연필로.

그 의문의 해답을 찾기 위해 마나미는 편지를 읽어나갔다.

4

누군지 모를 당신에게.

이런 글을 남기는 저를 부디 수상하게 여기지 마세요.

또한 이면지에 연필로 글을 남기는 무례함도 부디 용서해주시기 바랍니다.

그만큼 절박하다는 점을 부디 이해해주셨으면 해요.

저는 반년 전인 올해 4월부터 이 직장에 다니기 시작했습니다.

간단한 사무 업무와 전화 당번, 이게 제가 맡은 일이었어요.

처음에는 꽝을 뽑았구나 싶었습니다.

여기에 오기 전까지는 비교적 책임 있는 일을 맡아 바쁜 와중에도 충실한 나날을 보냈거든요. 그래서인지 언제 올지도 모를 전화만 기다리려니 나를 뭐로 보고 이런 일을 시키느냐는 기분이더군요.

하지만 실제로 일을 해보니 전화 당번에도 전화 당번 나름의 기술이 필요하며 보람도 있다는 걸 깨달았고, 석 달쯤 지나자 일이 재미있어졌습니다.

하지만 다섯 달이 지났을 무렵, 뭔가 이상하다는 위화감이 생기더라고요.

어쩌면 첫날부터 내내 위화감을 품어왔을지도 모르겠습니다. 하지만 너무나 작고 사소해서 모르는 척 넘겨버린 것 같기도 해요.

하지만 더는 그럴 수가 없었습니다.

네, 한 달 전. 9월 연휴가 시작되기 전이었습니다. 그 위화감이 확고한 의혹으로 제 눈앞에 나타났어요.

찌는 듯한 늦더위가 밀려온 날이었습니다. 저녁에도 기온이 떨어지지 않아 퇴근 시간에도 30도가 넘었을 거예요.

그날 저는 오후 6시가 지났을 무렵 사무실을 나섰습니다.

제 일을 봐주는 A씨(여기에 실명을 밝힐 수는 없으니 알파벳으로 쓰겠습니다. 양해 부탁드립니다) 혼자 남아 있었죠.

흔한 일이었으므로 저는 "먼저 가보겠습니다" 하고 말하고 사무실을 뒤로했습니다.

하지만 도중에 뭔가 깜박한 걸 알아차리고 되돌아갔죠.

그때 저는 보고 말았습니다.

A씨가 냉장고를 뒤지고 있는 모습을.

그 냉장고입니다. 사무실 구석에 있는, 그 냉장고. 저는 거기에 늘 간식을 넣어놨어요.

그날도 냉장고에 넣어둔 바움쿠헨을 가지러 돌아간 거였어요. 유통기한이 그날까지였다는 게 생각났거든요. 물론 유통기한이 하루 이틀 지나도 문제없다는 건 알아요. 하지만 다음 날부터 사흘간 연휴라 연휴가 끝날 때까지는 못 버틸 것 같아서 돌아간 거예요. 고작 바움쿠헨 때문이냐고 생각하시겠지만, 인기가 많아 도쿄에서도 사기가 힘들 정도인데 여동생이 몇 시간이나 줄을 서서

구해준 귀한 물건이거든요.

3시에 간식으로 먹으려고 집에서 가져왔지만, 그날은 일이 겹쳐서 간식을 먹을 시간이 없었습니다. 그리고 내일부터 사흘 연휴라니 기쁜 나머지, 퇴근 벨이 울리자마자 바움쿠헨은 싹 잊어버리고 사무실을 나섰어요.

그러다 도중에 생각이 난 거죠. 생각났으니 놔둘 수는 없었습니다. 물론 그냥 놔둘까 싶기도 했어요. 하지만 농후하고 달콤하고 입안에 착 달라붙었다 사르르 녹아내리는 천국의 맛을 생각하자 발걸음을 돌리지 않을 수 없더군요.

그래서 사무실로 되돌아간 겁니다.

일단 A씨의 뒷모습이 눈에 들어왔습니다. 등을 웅크린 채 냉장고 안을 들여다보고 있더라고요. 너무나 진지한 그 모습에 말을 걸기가 망설여졌습니다.

하지만 망설이면서도 A씨의 행동을 유심히 관찰했습니다.

제 기척을 느꼈는지 A씨가 이쪽을 힐끗 돌아보더군요. 저는 "아" 하고 소리를 지를 뻔했습니다.

땀에 젖은 A씨의 뺨이 겨울잠을 자기 전 먹이를 모으는 다람쥐처럼 빵빵하고, 입 주변은 새빨갰기 때문입니다. 손도 새빨갰고요.

하마터면 정신을 놓을 뻔했지만, 간신히 자세를 바로잡고 A씨의 시선이 닿지 않는 곳으로 숨었습니다.

A씨가 땀범벅이 된 얼굴로 주변을 두리번거리더군요. 마치 쓰

레기통을 뒤지다 주변을 경계하는 들개 같았습니다.

네, 실제로도 A씨는 냉장고를 뒤지고 있었고요.

아무래도 딸기타르트를 맨손으로 먹고 있는지 손에 딸기가 들려 있더군요.

그러고 보니 며칠 전에 누가 딸기타르트를 가져왔다는 게 생각났습니다. 아마 A씨가 먹고 있는 건 그때 남아서 냉장고에 넣어둔 채 잊어버린 거겠죠. 그나저나 그렇게 오래된 걸 먹어도 괜찮을까 생각하는 한편, '아, 그거였구나' 하고 납득이 갔습니다. 네, 제가 여기서 일한 후로 내내 품고 있던 위화감. 그 정체는 바로 간식이 어느 틈엔가 사라진다는 것이었습니다. 사탕이 없어지거나 쿠키 숫자가 줄어들거나. ……특별히 난리를 칠 일도 아니거니와 제 착각일지도 몰라서 내버려뒀지만, 그날 A씨의 그런 모습을 보았으니 더 이상 모른 척 넘어갈 수는 없게 되었습니다.

저는 그대로 살그머니 사무실을 뒤로했습니다.

덧붙여 연휴가 끝나고 출근하자마자 냉장고를 열어보니, 제 바움쿠헨도 없더군요.

그 후로는 A씨가 너무 역겹고 추접하게 느껴졌습니다. 땀에 젖은 A씨의 옷을 볼 때마다 구역질이 날 정도였어요. 그렇다고 그런 일로 들고 나서서 규탄하는 것도 어른스럽지 못하다 싶어 그냥 마음속에만 담아두었습니다.

하지만 제 인내심이 마침내 한계를 넘는 날이 찾아왔습니다.

일주일 전이었어요.

저는 또 뭔가 깜박하고 사무실을 나섰습니다. 돌아가기 싫었지만, 깜박한 게 콘서트 티켓이었거든요. 동생 것도 같이 있어서 돌아가지 않을 수 없었습니다.

아니나 다를까 사무실에는 A씨 혼자 남아 있었습니다.

뭔가 먹고 있더군요.

입이 새빨개서 또 딸기인가 하고 바라보고 있으려니 아무래도 이상했습니다. A씨 앞에 있는 커다란 플라스틱 용기 안쪽도 새빨갛게 물들어 있었거든요.

뭘까 싶어 시선을 모으자 아무래도 고깃덩이 같았습니다.

네, A씨는 생고기를 먹고 있었던 겁니다.

그러고 보니 사무실 냉장고 안쪽에 한참 전부터 누구 건지 모를 종이봉지가 들어 있었던 게 기억났습니다. 적어도 제가 여기 다니기 전부터 있었던 것 같아요. 뭘까 궁금하기는 했지만, 늘 거기 있어서 언젠가부터 신경을 껐습니다.

어쩐지 퀴퀴한 냄새가 난다 싶기는 했어요. 하지만 냉장고는 원래 그런 법이거니 하고 딱히 마음에 두지 않았죠. 일단 집에 있던 탈취제를 가져와서 넣자 냄새가 사그라든 것 같기도 했고요.

하지만 그렇게 간단히 넘어갈 일이 아니었습니다.

그 종이봉지에는 플라스틱 용기가, 그리고 플라스틱 용기에는 생고기가 들어 있었던 겁니다.

그날 저는 콘서트 티켓을 포기하고 집에 돌아갔습니다. 동생에게 어마하게 욕을 먹었지만, 그런 것보다 문제는 A씨입니다. A씨가 먹은 생고기입니다.

그건 무슨 고기지?

그게 너무 마음에 걸려서 한숨도 이루지 못하고, 다음 날 제일 먼저 출근하자마자 냉장고를 열었습니다. 종이봉지는 늘 있던 곳에 있었죠. 저는 주저하면서도 종이봉지에서 플라스틱 용기를 꺼내 뚜껑을 열어보았습니다.

그때의 공포를 말로 다 어떻게 설명할까요. 지금 다시 떠올리기만 해도 배 속에 있는 게 모조리 올라올 것 같습니다.

네, 플라스틱 용기에 들어 있던 건 인육이었습니다. 어떻게 인육인 줄 알았냐고요? 눈알과 혀, 그리고 손가락이 있었거든요. 그 손가락은 틀림없이 인간의…… 더 구체적으로 말하자면 여자 손가락이었습니다. 예쁘게 네일아트를 받았고 명품 반지도 끼고 있더군요.

그 시점에서 경찰에 신고해야 했을지도 모르겠습니다. 하지만 인간은 참 신기하죠? 막상 그런 상황에 처하자 그렇듯 당연한 일을 못 하겠더라고요. 신고는커녕 플라스틱 용기를 원래 자리에 돌려놓고 서둘러 냉장고 앞을 떠났습니다. 마치 저도 공범 같은 착각에 휩싸였죠.

업무 시작 벨이 울렸을 때 그 기사가 생각났습니다. 7월에 신문에 실렸던 기사예요. 폐기물 처리장에서 머리와 신체 일부가 절단된 여자의 시체가 발견된 거 기억나세요? 발견 현장은 여기서 걸어갈 수 있는 거리입니다.

혹시,

플라스틱 용기에 든 생고기는,

……그 여자가 아닐까?

에이. 아무리 그래도, 에이. 저는 생뚱맞은 제 생각에 몇 번이고 고개를 저었습니다. ……하지만 A씨의 그 괴이한 식욕은 심상치 않았습니다. A씨의 식욕이 결국에는 살인, 그리고 식인에 다다랐더라도 이상할 건 없을 듯했습니다. 네, A씨는 더 이상 제정신이 아닙니다. 미쳤어요.

물론 증거는 없습니다. 그냥 망상일지도 모르죠. 하지만 그 망상은 순식간에 부풀어 올라 저를 괴롭히고 있어요. 이대로 가다가는 저까지 미쳐버릴 것 같습니다. 어차피 미칠 거면 진실이라도 알고 싶네요.

그래서 A씨에게 직접 물어보려고 합니다. 그 후에 이번에야말로 경찰에도 신고할 작정이에요.

하지만 만에 하나에 대비해 이 편지를 남깁니다.

만약 이 편지를 읽는 당신이 제 후임으로 이 책상에 앉았다면, 저는 이미 이 세상에 없는 거겠죠. A씨에게 살해당한 걸로 아세요.

그리고 이번에는 이 편지를 읽은 당신이 A씨에게 살해당할 차례입니다.

그러니 조심하세요.

아아, 이제 슬슬 A씨가 올 시간입니다. 이만 줄일게요.

긴 사연 읽느라 고생 많으셨습니다.

5

"뭐 해?"

갑자기 말을 거는 바람에 마나미는 숨을 헉 삼켰다. 그 바람에 핸드폰이 손에서 미끄러져 떨어졌다.

입력 중이던 문구를 남편이 들여다보았다.

—일신상의 사정으로 퇴직하겠사오니, 양해 부탁드립니다.

"뭐야, 일 그만두려고?"

남편의 물음에 마나미는 말없이 고개를 끄덕였다.

"왜?"

그야 까딱 잘못하면 죽을 테니까.

⋯⋯그렇게 대답한들 믿어줄 것 같지 않았다. 스스로도 반신반의다. 하지만 누군가 장난으로 남긴 편지는 아닌 듯했다.

"역시 뭔가 수상해, 그 회사."

그래서 그렇게만 말해두었다.

"그렇군. 역시 뭔가 찜찜한 구석이 있나 보네."

그렇게 말하며 남편은 식탁에 종이봉지를 내려놓았다.

"그건 뭐야?"

"플라스틱 용기."

"플라스틱…… 아아, 밀폐용기?"

"언젠가 비지로 쿠키를 잔뜩 만들어서 들려 보냈잖아. 직장 사람들이랑 나눠 먹으라면서."

아아, 당신이 지금 부서로 이동했을 때. 빨리 부서에 익숙해지기를 바라는 마음에서 내 나름대로 신경을 썼지. 당신이 식이조절 중이라 칼로리까지 따져가면서. 정말이지 당신이 식사를 조절하니까 덩달아 나까지 얼마나 고생스러운지 몰라.

"밀폐용기를 내내 회사에 놔뒀어? 가져간 지 꽤 오래됐잖아."

마나미는 밀폐용기 뚜껑을 열어보았다. 고인 냄새가 훅 풍겨서 무심코 코를 틀어막았다.

"어우. 이제 못 쓰겠다. 이상한 냄새가 나."

"그래? 그럼 하나 새로 사지? 이번에는 더 큰 걸로."

"큰 거?"

"응. 그리고 또 뭐 좀 만들어줘. ……맞다, 다음 주에 사원이 새로 들어오거든. 환영회를 할 건데 당신도 뭐 만들어주면 안 돼?"

6

"앗, 잠깐만. 메일이 왔네."

아쓰코는 남동생의 이야기를 막았다.

"허참, 이 사람은 또 왜 이런대?"

"무슨 일인데, 누나."

아쓰코는 동생의 질문에 답했다.

"새로 들어온 전화 당번, 그만두겠대."

"벌써?……최단 기록 갱신인걸."

"좀 칠칠맞지 못한 사람이었으니 그만둬도 아쉬울 건 없지만."

"누나, 그 사람 마음에 든다고 하지 않았나?"

"냉장고에 푸딩을 계속 넣어두는 사람을? 유통기한이 지나서 내가 버렸어."

"아무 말도 없이?"

"유통기한이 지난 음식이 냉장고에 있다고 생각하니까 짜증이 확 나더라고. 왠지 다른 음식까지 상할 것 같아서."

"누나는 너무 깔끔하게 구는 게 탈이라니까."

"그것보다 아까 뭔가 말하려던 거 아니었어?"

"……참 그렇지. 책상. 책상을 돌려달래."

"책상?"

"응. 지지난 주에 R자동차 공장에서 회수해 온 책상."

"응. 전화 당번이 사용하던 이거잖아."

아쓰코는 샤넬 반지가 번쩍이는 검지로 그 책상을 탁탁 두드렸다.

"그런데 왜? 이거 버리는 거 아니었어?"

"그게, 이 책상을 사용하던 부서에 사원이 새로 들어온다나 봐. 그러니까 돌려달라던데."

"이런 낡아빠진 책상을? 가져가서 다시 쓰겠다고? ……쩨쩨한 인간들 같으니라고. R자동차도 이제 망조가 들었나 보다."

"그러게 말이야."

누나와 동생은 그로부터 약 30분쯤 R자동차를 험담하다 제각기 할 일로 돌아갔다.

상자

사이렌이 울렸다.

옛날 같았으면 설령 잠에 푹 빠졌을지라도 눈을 번쩍 뜨고 사이렌 소리에 온 신경을 집중시켰을 것이다. 그리고 소리가 가깝다면 집을 뛰쳐나가 무슨 일이 일어났는지 두 눈으로 직접 확인했으리라.

하지만 이제 사이렌 소리는 생활 소음의 일부에 불과하다. 에어 컨 또는 배관에서 들려오는 소리와 다를 바 없다. 그런 데 일일이 반응했다가는 정상적인 생활이 불가능하다.

그런 생각을 하면서 유미에는 손목시계를 보았다. 어느덧 오후 6시가 다 되었다.

아니, 이제 오후 6시다. '웨스트민스터 사원의 종소리'가 사이렌 소리 사이사이로 희미하게 들려왔다.

휴우.

힘없는 한숨밖에 안 나왔다.

정말 최악이다.

무슨 날이 이러지.

유미에는 천천히 몸을 일으켰다.

……상자, 내 상자. ……상자는 무사할까?

1

3월 중순, 사토 유미에가 다니는 회사에서 대규모 배치전환이
있었다.

배치전환은 간단히 말하면 자리 교체다. 2월 말에 이동한다는
내시가 있었고, 그에 맞추어 제비뽑기하듯 자리 교체가 실행됐다.

입사 2년차인 유미에는 이동되지 않았지만 소속 부서 자체의
위치가 바뀌어 3층에서 7층으로 이사를 가게 됐다.

"이사라고 해봤자 한 건물이잖아? 껌이네."

그렇게 말한 것은 스스무였다.

"그러게, 껌이겠네."

하지만 이때 좀 더 의심해야 했다. 애당초 스스무의 말이 적중

한 적은 거의 없으니까. 그럴듯한 소리를 하지만, 기본적으로 자리와 그 자리의 분위기에 맞추어 적당한 말을 꺼내놓는 데 지나지 않는다. 그 말을 곧이듣다가 뼈아픈 경험을 몇 번이나 했으면서 질리지도 않고 계속 듣게 되는 이유는 뭘까? ……아마도 스스무는 상대방이 바라는 말을 해줄 뿐이리라. 그러므로 그 말을 들으면 뭔가 면죄부를 얻은 듯한 기분이 든다.

즉, '껌'이라고 생각한 건 다름 아닌 자기 자신이다.

"어휴, 스스무 말을 믿은 게 아니었는데! 껌은 뭐가 껌이야!"

그날 아침 유미에는 책상 앞에서 막막함을 맛봤다.

책상 위쪽과 주변에 골판지상자가 산더미처럼 쌓여 있었다.

파란색 스티커가 붙은 골판지상자다. 스티커는 층별로 색깔이 다른데 7층은 '파란색'을 배정받았다. 스티커에 기입된 알파벳은 부서를 뜻한다. 그 옆의 숫자는 책상 번호다.

요컨대 'D07'이라고 적힌 파란색 스티커가 붙은 상자는 7층, 디지털관리과 책상 번호 07로 옮기라는 뜻이다.

유미에가 3층에서 포장한 상자는 총 세 개. 고작 입사 2년차이기도 해서 짐은 그렇게 많지 않았다.

그야말로 '껌'이었다.

주변의 선배와 상사들이 낑낑대며 많은 짐들을 포장하는 모습을 느긋하게 방관했을 정도로.

그런데 이 산더미 같은 골판지상자들은 다 뭐람!

처음에는 책상을 착각한 줄 알았다.

총무부에서 나누어준 배치표를 다시 확인해보았지만, 자신의 새 책상은 'D07'이었다. 다섯 번이나 확인했지만 틀림없었다.

그런데 뭐지? 이 골판지상자들은?

마음을 진정시키고 자세히 살펴보니 스티커 색이 이상했다. 7층에 배정된 색은 '파란색'인데 다른 색이 섞여 있었다. 얼핏 훑어만 봐도 '민트색', '검푸른색', '감색'이 눈에 띄었다. '민트색'은 13층, '검푸른색'은 2층, 그리고 '감색'은 21층이다.

아아, 역시!

이렇게 미묘한 색상으로 구분하면 반드시 실수가 발생할 줄 알았지!

이 빌딩은 33층까지 있다. 33색으로 구분하면 알아보기 힘든 게 당연하잖아.

……뭐, 물론 입 밖으로 꺼내서 말한 건 아니다. 배치전환 업무는 총무부의 기 센 고참 여직원들이 담당한다. 그 사람들에게 참견할 수 있는 사람은 아마 이 회사에 없을 것이다. 임원도 사장도 한 수 접지 못할 정도다.

색깔 구분만이 문제가 아니었다.

유미에의 책상에 놓인 골판지상자 중에는 명백하게 '빨간색'과 '노란색' 계열에 속하는 스티커가 붙은 것도 있었다. 그리고 스티커에는 모두 '07'이라는 숫자가 적혀 있었다.

봐, 이럴 줄 알았어!

07은 원래 책상 번호지만, 층수로 혼동한 것이다. 짐들을 옮긴 이사업자가 전부 프로는 아니다. 대부분은 아르바이트다. 개중에는 이번에 처음으로 일하는 초심자도 있으리라. '07'이라고 적혀 있으니 7층이라고 착각해도 이상할 것 없다.

아이고, 이러니까!

헷갈리기 쉬운 표기가 이렇듯 단순한 실수가 원인일 때가 많다. 사실 유미에도 요 2년간 모호한 표기와 지시 때문에 실수를 몇 번 했다. 그때마다 상사에게 질책을 당하고 파견사원들에게 눈총을 받았지만, 유미에에게도 할 말은 있었다.

이 회사, 명확한 구석이라고는 하나도 없어!

이번 이사 계획도 이사업자에 일임했으면 속 편했다. 그런데 그 아줌마들이 나서서 영문 모를 규칙을 갖다 붙이니까 이런 사달이 벌어지는 것이다.

유미에는 아침으로 먹으려고 사온 젤리 음료를 후룩후룩 빨아 마셨다.

어쨌거나,

이 상자들을 주인한테 돌려줘야 해.

*

정오가 된 듯하다.

초등학교와 중학교의 벨소리로 익숙한 '웨스트민스터 사원의 종소리'가 온 층에 울려 퍼졌다.

"으아, 이게 다 뭐야?"

동기 교코가 그렇게 소리쳤다.

교코는 디지털처리실이라는 부서 소속이다. 디지털관리과와 이름이 비슷하지만, 업무 내용이 완전히 다르고 사장실 직속 부서다. 따지자면 비서실에 가깝다. 그래서 사무실도 제일 위층이다. 비서실과 마찬가지로 고정된 부서이므로 배치전환과도 무관하다.

"설마 이렇게까지 심각할 줄은 몰랐네." 교코는 어쩐지 재미있다는 듯 말했다. "아이고, 골치 좀 아프겠다!"

유미에는 출근하자마자 교코에게 메일을 보냈다. 아무래도 혼자 힘만으로는 미아가 된 상자들을 처리할 수가 없었기 때문이다. 그래서 사내의 모든 정보가 모이는 디지털처리실 소속 교코에게 SOS를 보낸 것이다. 바로 오겠다고 답장했으면서, 이제야 납시셨습니까?

"늦어서 미안해. 우리도 아침부터 이만저만 난리가 아니었거든. 화장실도 제대로 못 갈 상황이야. 하지만 점심시간만큼은 제대로 챙겨야겠다는 핑계로 빠져나왔지."

그렇게 말하며 교코는 천으로 만든 도시락 가방을 흔들었다.

"뭐, 어쨌든 점심부터 먹자. 싸움도 배가 고파서는 못 하잖아?"

하지만 회사는 이사 후의 여파로 어디나 어수선했다. 기분 탓인지 사원식당도 평소보다 바빠 보였다.

"그럼 오늘은 날씨도 좋으니 밖으로 나갈까?"

"어디?"

"분수광장."

빌딩을 나서면 조그마한 휴식 공간이 있다. 사원들은 그곳을 '분수광장'이라고 부른다.

"응, 그러자. 그럼 편의점에 들렀다 갈 테니까 먼저 가 있어."

교코 말마따나 날씨가 좋았다. 겉옷이 필요 없을 만큼 햇살이 따스했다. 콧노래가 절로 나올 법한 기분으로 편의점 비닐봉지를 들고 분수광장으로 가자 교코는 이미 테이블에 앉아서 스마트폰을 열심히 들여다보고 있었다.

유미에가 의자에 앉자 "아" 하고 교코는 머쓱하게 고개를 들었다.

"티켓?"

유미에의 말에 "응…… 뭐" 하고 교코의 표정이 약간 흐려졌다. 보아하니 이번에도 역시 티켓을 못 구했구나.

"에이, 그만 포기할래. 이제 됐어."

교코는 자포자기한 듯한 손놀림으로 도시락 가방에서 도시락을 꺼냈다.

"지금도 직접 싸 오는 거야?"

그렇게 말하며 유미에도 편의점에서 산 냉동파스타와 샐러드를 테이블에 펼쳐놓았다.

"신입연수 때부터 그러더니만."

신입연수 첫째 날. 동기들끼리 프렌치 레스토랑에 가기로 했지만 교코 혼자 도시락을 싸 왔다며 끼지 않았다. 실은 그때 유미에도 편의점에서 샌드위치를 사놓았지만, 다른 사람들과 함께 밥을 먹으러 가는 쪽을 선택했다. 신입연수 첫날부터 대인관계가 안 좋은 사람으로 보이고 싶지는 않았다. 그럴 용기도 배짱도 없었다.

그런데 교코는 아무렇지도 않게 말했다. "난 도시락 싸 왔거든."

다른 동기들은 교코의 태도에 다소나마 발끈한 모양이었지만 유미에는 어렴풋한 동경을 품었다.

이런 식으로 자신의 의사를 관철하는 성격이라면 얼마나 좋을까.

……난 우유부단하고 묻어가는 성격이야. 주류 세력을 꼭 따라가지. 덧붙여 미움받기 싫다는 마음도 강해. 그 탓에 봉변도 많이 당했고. 딱히 좋아하지도 않는 남자와 첫경험을 하고 5년이나 사귀었어. 언젠가는 좋아하는 마음이 생길지도 모른다는 생각으로 여태 사귀고 있지. 하지만 좋아지기는커녕 싫어지기만 해. 육체관계를 가져도 전혀 기분 좋지 않은 게 제일 싫어. 그렇지만 만나면 반드시 요구해. 요구하면 거절하지 못하는 성격이라 응해주지만, 몸

을 섞으면 섞을수록 싫어져. 이만 헤어지고 싶어, 가능하면 두 번 다시 보기 싫어. 진심을 다해 쏘아붙이고 싶어. 정말 밥맛없다고.

교코라면 분명히 그렇게 말하겠지. 아니, 애당초 좋아하지도 않는 사람과 사귀지도 않겠지만.

"어휴."

콧노래가 절로 나오는 기분은 어디론가 사라지고 한숨이 나왔다. 이렇게 날씨가 좋은데. 냉동파스타도 이렇게나 맛있어 보이는데.

아, 또 어디선가 사이렌 소리가 들린다. 정말이지 여기는 늘 사이렌 소리가 울려 퍼진다. 과연 도쿄의 한복판답다고 할까. 상경하기 전까지만 해도 사이렌 소리는 한 해에 두세 번 듣는 게 고작이었는데.

아아, 본가로 돌아갈까……. 신년 연휴에 귀성했을 때에도 엄마가 그랬다. "언제든지 돌아와도 돼. 뭣하면 여기서 결혼하면 되니까. 맞선이라도 볼래?"

맞선이라, 그것도 나쁠 건 없나.

"좌석명부를 나중에 메일로 보내줄게."

손수 만든 주먹밥을 먹던 교코가 뜬금없이 말했다.

"좌석명부?"

"응. 상자들을 되돌려주는 데 필요하지 않을까 싶어서."

아아, 맞다. 지금은 잘 풀리지 않는 연애보다 미아가 된 상자가 먼저다. 그걸 어떻게든 해야 한다. ……하지만.

"나도 오늘 아침에 좌석명부를 보려고 메인서버에 접속했는데……" 유미에는 봉지에서 플라스틱 포크를 꺼내며 말했다. "하지만 갱신 중이라서 명부가 없던데?"

"응, 일반사원은 아직 열람 못 해. 하지만 우리한테는 베이스가 되는 종이명부가 있으니까. 그걸 PDF로 보내줄게. ……뭐, 약간씩 틀린 부분은 있지만. 그 아줌마들이 손글씨로 작성한 명부니까."

"아, ……그 기 센 왕언니들?" 그렇게 말한 후 유미에는 흠칫해서 고개를 움츠렸다. 그리고 주변을 두리번두리번 둘러보았다.

"걱정 마, 그 아줌마들 절대 여기에는 안 오니까."

"그래?"

"여기 노숙자들이 들락날락하잖아? 그래서 아줌마들은 피해."

"노숙자가…… 있다고?"

유미에는 다시 주변을 둘러보았다.

"지금 시간에는 없으니까 걱정 마. 그 사람들도 염치가 있어서 우리 사원들이 이용하는 시간대에는 출입을 삼가거든."

"하지만 그 외에는……"

"응, 여기서 먹고 자고 하는 모양이더라고. 물과 테이블에, 비를 피할 곳도 있으니 환경은 최고지."

"……그, 그러게……"

동의는 했지만 어쩐지 마음이 찜찜했다. 혹시 지금 앉아 있는 의자에 노숙자가…….

"그런데 상자는 총 몇 개나 돼?" 교코가 계란말이를 젓가락으로 집으며 물었다. "얼핏 보기에는, 한 20개?"

"43개."

"그렇게 많아?!"

"응. 몇 번이나 헤아려봤으니까 틀림없어."

"심각하네."

"그렇지? 게다가 내 짐이 든 상자는 없어."

"하나도?"

"응, 하나도. 내 짐이 든 상자 세 개가 어딘가로 가버렸어. 컴퓨터조차 없다니까."

"컴퓨터도 안 옮겨졌다고?"

"응. 달리 방법이 없어서 메일도 공유 컴퓨터로 보낸 거야."

"그랬구나. 어쩐지 보낸 사람 이름이 다르다 싶더라니."

"진짜 짜증나. 상황이 이렇다 보니 오전 중에는 일을 하나도 못했어."

"와, 그건 골치 아픈데." 교코는 자기 일처럼 인상을 찌푸렸다. "……너무 음험해."

"그나저나 희한해. 왜 나만 이럴까? 다른 사람 물건은 제대로 옮겨진 모양이더라고. 다른 상자를 받는 착오도 없었던 것 같고."

그렇다. 이 전대미문의 상자 미아 사건은 아무래도 자신에게만 발생한 듯했다.

같은 층 사원들도 처음 한 시간은 짐을 푸느라 바빴지만, 두 시간쯤 지나자 거의 평소대로 업무에 착수했다.

자기 혼자였다. 상자 43개를 해결하지 못해 계속 허우적대는 사람은.

"뭐…… 그건." 교코가 뭔가 하고 싶은 말이 있는 듯한 표정으로 쓴웃음을 지었다. "아무튼 명부 보낼게."

*

이를 닦고 사무실로 돌아오자마자 유미에는 공유 컴퓨터로 향했다.

ID를 입력하고 접속하자 이미 교코가 메일을 보내놓았다. 고대하던 명부도 첨부되어 있었다. 즉시 인쇄 아이콘을 클릭했다.

하지만 에러가 떴다.

아무래도 공유 컴퓨터는 아직 프린터에 연결되어 있지 않은 모양이었다.

아아, 제기랄! 하나부터 열까지 왜 다 이 모양이야!

어쩔 수 없이 모니터 화면으로 명부를 확인했다.

"우와, 뭐야 이거……."

화면에 말 그대로 낙서가 떴다.

아니, 분명 명부 형식이기는 했다. 하지만 빨간 펜으로 몇 겹이나 그어놓은 말소抹消선이 거미줄같이 여기저기로 뻗어 있었다. ……설마 이걸 그대로 이사업자한테 넘긴 건 아니겠지? 아니, 그 아줌마들이 누군데. 충분히 그럴 만하다. 그네들은 본인이 이해하는 건 세상 사람 누구 하나 빠짐없이 이해할 거라고 믿는 경향이 있다.

"이런 걸 주면 아무리 프로라도 실수를 안 할 수가 있나."

아니, 그래도 다른 사람 자리에는 짐이 제대로 도착했다. 역시 프로답다.

그럼 왜 나만?

"응?"

7층 명부를 열었을 때 유미에는 두 눈을 의심했다.

'D07' 책상, 즉 자기 자리에 빨간 선이 구불구불 물결치고 있었다. 그 선 끝에 '대피소'라는 글자가 보였다. 그리고 그 밑에 작게 뭉개진 글씨로 '배송처가 불확실한 물건, 또는 배송처가 없는 물건은 일단 이 자리에 놓아둘 것'이라고 쓰여 있었다.

"어? ……무슨 소리야?"

즉, 착오가 있었던 게 아니라 상자들을 일부러 저기 가져다놨다는 뜻? ……그 의미를 제대로 이해하기 위해 명부를 구석구석까지 읽어보니 이런 문구도 있었다.

'스티커에는 층수·부서명·부서를 나타내는 알파벳·좌석 번호, 그리고 사원명을 기입할 것. 예/8층·영업부·영업1과D01·야

마다 다르.'

뭐야, 말도 안 돼. 난 그런 지시 못 들었어.

내가 들은 건……

유미에가 돌아보자 디지털관리과의 파견사원들이 능글맞게 웃고 있었다. 전부 유미에보다 오래 이 부서에서 일한 베테랑이다. 그중에서도 가장 나이가 많은 아오시마 씨와 눈이 마주쳤다. 올해 마흔두 살이라는 이 여사원은 총무부 아줌마 군단과도 사이가 좋다. 점심을 같이 먹는 사이일 것이다.

으으으으.

유미에의 목구멍에서 앓는 소리가 작게 새어 나왔다.

2

으으으으.

33층 탕비실 앞. 교코는 스마트폰을 들고 나지막하게 앓는 소리를 냈다.

역시 틀렸나.

이게 마지막 기회였는데. 신용카드 회사의 우대 티켓. 이 우대 티켓만 보고 가입한 건데.

아아, 이번 공연은 전멸이다. 티켓을 한 장도 손에 넣지 못했다.

남은 건 인터넷 경매사이트뿐인데. ……분명 깜짝 놀랄 만큼 높은 가격이 붙겠지. 아무튼 이번이 마지막일지도 모르는 일본 공연이다. ……뭐, 지난번에도 '마지막 일본 공연'이라는 홍보 문구가 붙었지만. 그래도 이번에야말로 진짜 마지막일지도 모른다. 어쨌거나 이제 일흔 살을 한참 넘었으니. ……그래, 이번이 록음악계의 전설을 직접 볼 수 있는 진짜 마지막 기회일지도 모르는데.

"저기, 이거 그쪽 상자예요?"

느닷없는 목소리에 교코는 말 그대로 펄쩍 뛰어올랐다. 돌아보니 파견사원이 표정을 확 구긴 채 우뚝 서 있었다.

"……네?"

교코는 쭈뼛쭈뼛 되물었다.

"그러니까 저 골판지상자 말이에요!"

파견사원이 손가락질하는 곳을 보자 탕비실 앞에 골판지상자 두 개가 오도카니 놓여 있었다.

"아침부터 저기 있던데, 너무 걸리적거려요."

아, 설마.

달려가서 확인하니 아니나 다를까, 그 상자에 붙은 파란색 스티커에는 사인펜으로 'D07'이라고 적혀 있었다. 만약을 위해서인지 '디지털관리과'라는 글씨도 덧붙여놓았다. 오른쪽 위로 삐쳐 올라가는 이 특이한 글씨체. 유미에가 쓴 게 틀림없다. 하지만 그 옆에 매직펜으로 작게 33층이라고 적혀 있었다. 유미에의 글씨체가 아니다. 분명 파견사원 중 누군가의 짓이리라. 반짝이가 들어간 매직펜은 요즘 파견사원들 사이에서 유행 중이다.

원래 배송처가 불확실한 상자는 '대피소'로 지정된 자리에 모여야 하지만, '33층'이라고 적힌 탓에 여기로 운반된 것이리라. 그리고 만약을 위해서 써놓았을 '디지털관리과'가 오해에 한몫했다. '디지털처리실'과 '디지털관리과'는 자주 헷갈린다. 사내우편도 늘 잘못 배달되곤 한다.

그래도 여기에 도착했으니 더 이상 미아가 되어 헤맬 일은 없으리라. 자기 자리로 돌아간 교코는 수화기를 들고 디지털관리과 내선번호를 눌렀다.

하지만 유미에는 없었다.

쉰 목소리로 그렇게 답한 사람은 아마 파견사원인 아오시마 씨일 것이다. 총무부 아줌마들과 절친한 관계이자 파견사원들을 뒤에서 쥐락펴락하는 우두머리 격 인물이다.

"응? 사토 씨? 글쎄? 어디 갔는지 전혀 안 보이네. 정말 정신없는 신입이라니까."

아직도 신입으로 불리는 모양이다. 교코는 마치 자기 일처럼 명치 언저리가 욱신거렸다.

"그럼 돌아오면 저한테 연락하라고 좀 전해주세요."

하지만 분명 이 말은 유미에에게 전해지지 않을 것이다. 교코는 명치를 문지르며 조용히 수화기를 내려놓았다.

유미에가 문제를 일으키고 있다는 소문을 들은 지 벌써 1년이나 지났다.

'똑같은 실수를 되풀이한다', '들은 내용을 금방 잊어버린다', '실수를 하고도 반성하지 않는다', '일이 느리다', '무엇 하나 제대로 못한다', '그러면서 남직원에게는 애교를 떤다', '업무 중에 개인적인 메일을 보낸다', '아무튼 성질난다'.

예를 들자면 한도 끝도 없다.

교코는 33층에 있는 파견사원들에게 그 소문을 들었다. 유미에와 교코가 동기임을 아는지 모르는지 파견사원들은 불평을 늘어놓았다.

"정사원이니까 좀 더 야무지게 일하면 좋겠어요. 정사원의 실수를 뒤처리하는 건 결국 우리 몫이니까요." "일머리 없는 정사원을 상대하다 보면 정말 열불이 나서 죽겠다니까요." "그런 점에서 우리는 복받았지. 교코 씨는 우수하니까. 정사원이 전부 교코 씨 같으면 얼마나 좋을까."

분명 비꼬는 소리다.

자신도 뒤에서는 무슨 말을 듣고 있을지 모른다. 회사에서 철두철미하게 못 보고, 못 듣고, 못 말하는 행세를 하는 덕분에 지금은 아직 표적이 되지 않았을 뿐이다.

교코는 골판지상자를 바라보며 다시 명치를 문질렀다.

이 스티커도 그렇다.

실은 빨간 선으로 범벅이 된 명부가 여기로 올라왔을 때부터 유미에가 뭔가의 표적이 되었음은 짐작했다. 하지만 이번에도 못 보고, 못 듣고, 못 말하는 태도로 일관했다. 그렇지 않으면 자신에게 어떤 흙탕물이 튈지 모른다. 안 그래도 파견사원들과의 인간관계는 살얼음판을 걷는 모양새다. 그 사람들에게 찍히면 회사 생활이 힘들다. 어쨌거나 파견사원의 숫자가 정사원의 배 이상이니까. 게다가 단단한 결속력을 자랑하는 그녀들은 조금이라도 마음에 안드는 사원이 있으면 자신들의 네트워크를 활용해 철저하게 박살을 낸다.

중학생 때였다면 풋내 나는 정의감을 앞세워 '그래서는 안 된다'고 목소리를 드높였을 것이다. 하지만 그러다가 중고등학교 때 지독한 왕따를 당했다. 간신히 고등학교를 졸업하고 대학에 입학했을 때 결심했다. 앞으로는 무사안일주의로 살아가자고. 최대한 남과 알력이 생기지 않도록 내 한 몸만 잘 챙기자고. 이것이 교코 나름의 처세술이다.

그러니까 유미에, 너도 혼자 힘내서 네 나름대로 활로를 찾아내.

교코는 작은 수레를 빌려와서 골판지상자를 실었다.

내가 해줄 수 있는 건 이 정도야. 지금 가져다줄게.

어라?

그런데,

상자가 두 개네.

유미에가 세 개라고 하지 않았던가?

3

"사토 씨."

파견사원이 이름을 부르자 유미에는 이마에 땀이 송골송골 맺혔다.

"그거, 아직인가요? 그게 없으면 일을 못 하는데요."

그거란 불만 이력을 뜻한다. 고객센터에서 올라온 불만 사항을 데이터화하는 것이 이 부서의 주된 업무다.

"사토 씨, 그건 있었습니까?"

다른 파견사원의 재촉에 유미에는 또 이마에 땀이 맺혔다. 흐르는 땀방울이 한 줄기로 모여 코 옆을 지나 턱을 타고 뚝 떨어졌다.

유미에는 땀을 닦으며 고개를 들었다.

"그거요?"

"네, 그거요. 서류보관함 열쇠요. 그 열쇠, 사토 씨가 가지고 있었죠?"

"네, 뭐, 그런데요……."

"사토 씨, 내선 5번에 전화입니다."

"아, 죄송해요. 나중에 다시 건다고……."

"급한 모양이에요. 영업부인데, 그쪽에 짐이 있을 테니 보내달 래요. 지금 당장."

"어, 하지만."

"사토 씨, 홍보부에서 내선이에요. 짐이 거기에 없냐는데요."

"네? 홍부보에서?"

"아, 좀, 사토 씨. 아직이야? 그게 없으면 일을 못 한다니까."

"아, 조금만 기다리세요……."

"사토 씨, 그거 가지고 있죠? 좀 빌려줄래요?"

"어, ……그러니까 그게."

"사토 씨, 그건 찾았나요?"

"아니, ……그러니까."

"사토 씨, 영업부 사람이 빨리 짐 보내달래요."

"사토 씨, 총무부에서 전화요. 그게 아직 제출 안 됐으니까 오늘 안에 제출해달래요."

"사토 씨, 찾았어요?"

"사토 씨, 영업부에서 전화입니다. 꾸물대지 말고 빨리 짐 안 가 져오면 죽여버리겠다는데요."

"사토 씨, 아직이에요?"

"사토 씨, 그게 없으면 곤란하대도요."

"사토 씨, 진짜 뭐 하는 거예요?"

"사토 씨, 어이가 없네요."

"사토 씨, 정신 좀 차려요."

"사토 씨, 아직?"

"사토 씨, 빨리 좀 해달라고요!"

"유미에."

몹시 반가운 목소리가 들린 것 같아서 유미에는 느릿느릿 시선을 들었다.

앞에 교코가 서 있었다.

아까 점심시간에 만났는데도 마치 생이별한 육친과 재회한 것 같은 감동이 온몸에 밀려들었다. 그 반작용으로 눈물샘에서 눈물이 조금씩 밀려 나왔다.

"교코……."

유미에는 거의 울먹이는 목소리로 이름을 불렀다.

"교코……."

"어머, 왜 그래?"

"상자가, 상자가……."

회사에서 울면 안 된다는 마음에 목에 힘을 꽉 준 탓인지 말이 제대로 안 나왔다.

하지만 교코는 알아차린 듯 자비로운 웃음을 지으며 말했다.

"우리 층에 네 짐이 있길래 가지고 왔어."

"뭐?"

유미에는 눈물을 닦고 교코 곁에 있는 수레로 시선을 옮겼다.

아.

상자다, 내 상자다!

그리고 역시 생이별한 육친과 재회한 것 같은 기세로 달려갔다.

다행이다. 이제 파견사원들의 들볶음에서 해방될 수 있다. 그녀들이 빨리 내놓으라고 재촉하는 물건들이 이 상자에 담겨 있으니까.

기다려라, 파견사원들아. 지금 너희들이 원하던 그거와 그거와 그거, 그리고 그걸 내줄 테니까.

"그나저나 상자가 전혀 안 줄었네."

"응. 일단 주인으로 추정되는 사람에게 연락은 해놨는데." 교코의 말에 유미에는 상자를 열면서 한숨 섞어 대답했다. "여간해서는 가지러 안 오더라고. 개중에는 가져오라는 사람도 있었어. 하지만 수레가 꽉 차 있어서. 그런 것보다 상자가 돌아와서 정말 다행이야. 이게 없으면 업무에 지장이…… 아."

유미에는 드디어 중요한 사실을 깨달았다.

"상자 하나? 내 상자 총 세 개인데?"

"우리 부서에는 이거 두 개밖에 안 왔어."

"진짜? 그럼 나머지 하나는?"

"나도 모르겠어, 미안해."

"이럴 수가……."

"그 상자에도 업무 관련 물품이 들었어?"

"······업무에 관련된 건 여기 두 상자에 들었어. 나머지 하나는, ······개인용품이야."

"개인용품? 그럼 그나마 다행이네."

"하지만 그게 없으면 여러모로 불편하단 말이야. ······그리고······ 아."

가슴주머니 안쪽이 꼬물꼬물 움직였다. 유미에는 핸드폰을 꺼냈다.

"미안해. ······남자친구 전화야."

4

유미에한테 질렸다. 아직도 그 남자와 사귀고 있다니.

스스무라고 했던가.

한 번 본 적 있다. 반년쯤 전이었나. 퇴근하고 역으로 향하는 길을 유미에와 함께 걷고 있었다. 척 보기에도 경박해 보이는 인상이었다. 재빨리 숨었지만 유미에한테 정통으로 걸렸다. 유미에는 쑥스러운 표정으로 말했다. "이벤트가 좀 있어서······." 스스무는 이벤트업에 종사하는 프리랜서라고 한다. 뭐, 요컨대 일정한 직업이 없는 반백수나 마찬가지다. 그런데 유미에가 그를 대신해 변명했다. "하지만 알고 지내는 대형 광고대행사 사원도 많고, 출판사

편집자 쪽에도 연줄이 있어."

정말이지.

하나도 안 좋아한다, 싫어 죽겠다, 헤어지겠다……그런 말을 밥 먹듯이 하면서 남자친구에게 전화가 오면 업무 중에도 부랴부랴 받는다.

아니꼽다.

이런 점이 유미에의 단점이자 문제다. 하여튼 아니꼬움을 유발한다. 그래서 파견사원들에게도 괴롭힘을 당하는 것이다.

물론 괴롭힘을 당하는 쪽에도 원인이 있다고는 하고 싶지 않다.

하지만,

아니꼽다.

뭐가 아니꼬우냐 하면, 업무 관련 상자보다 개인용품이 든 상자를 무엇보다 걱정하는 점이다. 기껏 상자를 찾아서 가져다줬는데 감사도 하는 둥 마는 둥, "그럼 나머지 하나는?" 하고 말한다. 이렇듯 아무렇지도 않게 툭 내던지는 말 한 마디 한 마디가 다른 사람을 발끈하게 만든다. 일단 "고마워"잖아, 하다못해 "덕분에 찾았어!" 정도는 나와야지!

아아, 진짜 아니꼽다!

교코가 콧김을 씩씩대며 자기 자리로 돌아왔을 때였다.

갑자기 시야가 색색의 색채로 물들었다.

꽃다발이었다. 예쁘게 포장된 상자도 있었다.

"생일 축하해!"

옆에 앉아 있던 파견사원이 목소리를 높였다. 그걸 신호로 사람들이 전부 일어섰다.

"실은 점심시간에 주고 싶었는데, 꽃집이 너무 바빠서 좀 늦었네."

……아아, 그렇구나. 오늘이 내 생일이었던가.

"축하해요!"

"축하합니다!"

그런 목소리가 사무실 여기저기서 들려왔다.

이것도 파견사원 네트워크의 위업이다. 그렇게 친하지 않은 파견사원까지 가까이로 다가왔다.

살펴보니 꽃다발에 카드가 끼워져 있었다. 펼치자 축하 메시지가 가득했다.

이것도 파견 네트워크. 전혀 모르는 이름까지 있었다.

"자, 선물도 열어봐."

말을 거의 해본 적 없는 파견사원의 재촉에 모두의 주목을 한몸에 받으며 포장을 풀었다.

안에는 도시락이 들어 있었다. 그것도 아주 작은 크기의. 그것도 도라에몽 무늬가 들어간.

"고다이라 씨가 고른 거야."

고다이라 씨는 누구지?

"마음에 들면 좋겠는데."

마음에 안 든다⋯⋯고 어떻게 말하겠는가.

"괜찮으면 사용해봐."

여기다 밥을 싸 와서 먹으라고? 이거 아무리 봐도 유치원생이나 초등학생용이잖아. 너무 작아. 아니면 다이어트하라는 뜻인가?

"네, 잘 쓰겠습니다."

그렇게 생각하면서도 교코는 평소보다 과장되게 웃음 지었다.

5

"오늘, 이벤트 안 올래?"

스스무의 전화는 늘 권유다. 그는 크고 작은 이벤트를 주최한다. ⋯⋯그래봤자 대부분이 광고대행사나 출판사 사원이 사적으로 참석하는 소규모 파티지만. 즉, 간단히 말해 단체 미팅 기획자다. 스스무와 만난 계기도 대학 캠퍼스에서 단체 미팅에 참석을 권유 받은 것이다. 당시 스스무는 이벤트 서클 소속이라 참석자를 모으기 위해 바쁘게 돌아다녔다.

지금도 상황은 다를 바 없다. 스스무의 전화는 반드시 "이벤트 참석 안 할래?"라는 권유다. 물론 돈이 드는 이벤트는 즉각 거절한다. 그런 데 쓸 돈은 없다고. 하지만 "돈? 필요 없어" 하고 스스무는 반드시 말한다. 요컨대 스스무에게 필요한 건 여자의 머릿수다. 단체 미팅 머릿수를 맞추기 위해 여자친구를 이용하다니. 만에 하나 내가 다른 남자로 갈아타면 어쩌려고? ……진짜 이런 점도 너무 싫다.

하지만,

냉담하게 거절할 수도 없다.

그게, 스스무에게 빚이 있으니까.

"몇 시인데?"

"19시, ……오후 7시부터. 장소는 롯폰기의 타워맨션."

"7시라…….."

"너희 회사 6시에 마치지? 껌이네!"

껌이라고?

또 그 소리다.

껌은 무슨 껌이야!

상자가 없단 말이야, 내 상자가.

"뭐? 상자가 행방불명된 거야?"

스스무가 토라진 어린애를 달래듯이 말했다. ……너무 싫지만 이 목소리는 좋다. 이런 식으로 말해주면 그만 매달리고 싶어진다.

"응. 개인용품이 든 상자가 어딘가로 가버렸어. 그래서 그걸 찾아야 해."

"개인용품이라며? 그럼 괜찮지 않나?"

"안 돼! 소중한 물건이 들었단 말이야."

"아아, ……혹시 그거?

"응, 맞아. 그거."

"뭐, 확실히 그건 보물이지만, 꼭 오늘 찾아야 하는 건 아니잖아."

"안 돼. 오늘이 아니면 안 된다고."

*

"에이씨, 분수광장에 쓰레기 버린 사람 누구야! 환경미화원한테 혼났잖아!"

퇴근 시간 30분 전. 뒤에서 그런 목소리가 들렸다.

귀에 익은 목소리였다. 왕언니들의 두목, 파리 아줌마다. 누가 붙였는지는 모르지만 정사원들 사이에서는 그런 별명으로 통한다. 듣건대 매년 여름휴가마다 파리에 가는 게 인생의 낙이라는 모양이다. 작년에는 우리 부서의 아오시마 씨와 같이 갔다. 그러고 보니 아오시마 씨가 관광 선물이라며 준 큼지막한 에펠탑 삼각기도 그 상자에 넣어뒀다. 쓰레기봉투에 담아서. ……아무리 선물이라지만 삼각기에 일본어로 '파리'라고 자수되어 있었는걸. 분명 일본인 관광객을 노린 기념품이다. 중국산이겠지. 그런 걸 어디다 장식하라고? 집에 가져가고 싶어도 너무 커서 가방에서 비어져 나온다. 하는 수 없이 내가 불필요품 봉지라고 부르는 봉지에 넣어두었다. 그냥 투명한 쓰레기봉투인데, 물론 버릴 생각은 아니었다. 지금은 사용하지 않지만 언젠가 사용할지도 모른다⋯⋯ 그런 의미에서 '불필요품'이다.

"아, 이거."

아오시마 씨가 언성을 높였다. 머뭇머뭇 돌아보자 아오시마 씨가 몹시 무서운 표정으로 쓰레기봉투에서 뭔가를 끄집어내는 게 보였다.

히익.

머리로 이해하기도 전에 비명부터 나왔다.

아오시마 씨가 손에 들고 있는 저거, 에펠탑 삼각기잖아!

"와, 속상하네. 이거 내가 파리에서 선물로 사온 거잖아! 대체 누가 버렸어!"

유미에는 뭔가 착오이길 속으로 빌면서 파리 아줌마가 들고 있는 쓰레기봉투를 보았다.

히익.

또 비명이 새어 나왔다.

저건 내 '불필요품 봉지', 아니, 불필요품이지만 버린 건 아니다. 결코 쓰레기 취급한 게 아니다.

"이걸 분수광장에 버린 사람, 누구야?"

너무 무서워서 윗니와 아랫니가 따닥따닥 맞부딪쳤다.

저게 자신의 것으로 파악되는 건 시간문제다.

어쩌지, 어쩌지!

……어? 잠깐만. 저 '불필요품 봉지'가 나왔다는 건, 행방불명된 상자가 있었다는 뜻? 분수광장에? 왜 그런 곳에?

옆을 보자 파견사원들이 능글맞게 웃고 있었다.

ㅇㅇㅇㅇㅇㅇ.

또다. 또 함정에 빠졌다.

하지만 지금은 억울해하고 있을 때가 아니다. 제일 중요한 상자는? 그게 들어 있는 상자는 지금 어디 있지?

유미에는 불에 덴 것처럼 벌떡 일어섰다.

*

그 상자는 바로 눈에 띄었다.

분수광장. 얼핏 보기에는 깨끗하지만, 자세히 보면 희미하게 때묻은 옷을 입은…… 아마도 노숙자일 아저씨가 이사업자의 마크가 박힌 새 골판지상자를 들고 걸어가고 있었다. 상자에 붙은 파란색 스티커에 'D07'이라는 글씨가 보였다.

틀림없다.

저기요, 잠깐만요!

그거 제 건데요. 제 상자라고요!

그러니까 잠깐 기다려요!

하지만 아저씨는 걸음이 몹시 빨랐다. 그 짧은 다리를 바삐 움직여 인도로 향했다. 맞은편으로 건너가면 일이 귀찮아진다. 맞은편에 위치한 공원은 그야말로 노숙자들의 영역이다. 여자가 가서 뭐라고 따진들 콧방귀도 안 뀌고 쫓아낼 것이다. 맞은편으로 건너가기 전에 붙잡아야 한다.

유미에도 걸음을 빨리해 뒤따라갔다.

하지만 다리에 힘이 잘 안 들어갔다. 오늘 온종일 여기저기 돌아다닌 탓이다. 아까도 영업부와 홍보부에 골판지상자를 가져다주고 왔다. 무엇보다 이 펌프스가 발에 너무 안 맞는다. 총무부가 돌린 통신판매 카탈로그를 보고 샀는데, 역시 신발은 직접 신어보고 사야 한다. 대실패다. 그래도 기왕 샀으니 언젠가는 딱 맞을 날이 올지도 모른다는 생각으로 계속 신고 다녔지만, 날마다 발뒤꿈치만 까질 뿐이다.

아.

뒤꿈치에 심한 통증이 몰려왔다.

아마 물집이 터진 것이리라.

하지만 지금은 그런 것보다 저 아저씨, 저 상자가 더 중요하다.

아저씨가 마침내 육교 계단을 오르기 시작했다.

잠깐만. 기다리라니까!

유미에도 온 힘을 다해 쫓아갔다.

하지만 아저씨는 계단을 성큼성큼 올라갔다.

유미에도 기다시피 뒤따라갔다.

아저씨가 계단을 다 올랐을 때 유미에는 한계까지 목소리를 쥐어짜내 소리쳤다.

"잠깐만요!"

유미에의 목소리에 아저씨가 문득 돌아보았다.

"왜?"

"그거 제 거예요. 그 상자, 제 거라고요!"

"이건 내 거야. 주웠어."

"그러니까 원래 제 거래도요!"

유미에는 아저씨 품에서 상자를 빼앗았다.

몸이 공중에 붕 뜬 듯한 기분이 들었다.

아.

위험하다.

사이렌?

그래. 사이렌이 울리고 있다.

옛날 같았으면 설령 잠에 푹 빠졌을지라도 눈을 번쩍 뜨고 사이렌 소리에 온 신경을 집중시켰을 것이다. 그리고 소리가 가깝다면 집을 뛰쳐나가 무슨 일이 일어났는지 두 눈으로 직접 확인했으리라.

하지만 이제 사이렌 소리는 생활 소음의 일부에 불과하다. 에어

컨 또는 배관에서 들려오는 소리와 다를 바 없다. 그런 데 일일이 반응했다가는 정상적인 생활이 불가능하다.

그런 생각을 하면서 유미에는 손목시계를 보았다. 어느덧 오후 6시가 다 되었다.

아니, 이제 오후 6시다. '웨스트민스터 사원의 종소리'가 사이렌 소리 사이사이로 희미하게 들려왔다.

휴우.

힘없는 한숨밖에 안 나왔다.

정말 최악이다.

무슨 날이 이러지.

유미에는 천천히 몸을 일으켰다.

상자, ……내 상자. ……아아, 다행히 무사하구나.

유미에는 상자를 뒤져서 봉투 하나를 꺼냈다.

있다.

"빨리 가야 해. 빨리 이걸 전해야 해."

*

교코, 아직 있을까?

'디지털처리실' 문 앞에서 유미에는 호흡을 잠시 가다듬었다. 달려온 탓에 몹시 숨이 찼다. 두근대는 심장이 당장이라도 터질 것만 같았다.

"먼저 가보겠습니다."

교코의 목소리가 들렸다.

유미에가 시선을 들자 꽃다발을 든 교코가 문을 열고 나왔다.

"교코!"

"어?"

교코의 시선이 움찔 반응했다.

그 꽃다발, 부서 사람들한테 선물로 받은 거구나.

나도 너한테 줄 선물이 있어.

자, 이거.

네가 원한 티켓. 이번이 마지막일지도 모르니까 꼭 보러 가고
싶다던 콘서트의 티켓이야.

스스무한테 떼를 써서 얻어냈지. 스스무, 그래 보여도 인맥이
대단하거든. 이번에도 광고대행사 사람에게 부탁해서 입수했대.

이렇게 다정한 면이 있으니까 스스무하고 연을 끊기가 힘들다
니까. 넌 그런 내가 아니꼬워 보일지도 모르겠지만.

그래도 난 교코, 네가 참 좋아. 너처럼 될 수 있으면 얼마나 좋
을까.

그러니까 앞으로도 영원히 잘 부탁해.

생일 축하해.

하지만 교코의 시선은 유미에를 지나쳐 창밖을 향했다.

"왜 그래?"

뒤에서 귀에 익은 목소리가 들렸다. 쳐다보자 아오시마 씨가 서 있었다. 유미에는 흠칫 놀라 몸을 움츠렸다. 이 사람은 정말로 신출귀몰하다. 하지만 아오시마 씨는 유미에를 무시하고 말했다.

"뭔데? 창밖에 뭐라도 있어?"

"구급차요. 회사 앞에 구급차가……."

교코가 중얼거렸다.

내려다보자 구급차가 사이렌을 울리며 서 있었다.

"어머, 진짜네. 분수광장에 멈춰 있어. ……아, 육교."

아오시마 씨가 오른손 검지를 쭉 뻗었다. 눈으로 좇아가자 여자 한 명이 쓰러져 있었다.

그 곁에 떨어져 있는 골판지상자.

"어머나, 육교에서 누가 떨어진 거 아니야?"

진짜? 누가?

유미에는 창문에 얼굴을 가까이 댔다. 이마가 딱 부딪쳤다.

하지만 창문의 냉기는 느껴지지 않았다.

"저거, 혹시. ……사토 씨? ……맞아, 사토 씨네. 이를 어째. ……살았나? ……아아. 아마도 죽었나 봐."

아오시마 씨의 입꼬리가 평소처럼 심술궂게 일그러졌다.

벽

그만해, 하지 마!

1

엄마!

늦은 밤, 기타가와 하야토는 자신의 목소리에 놀라 눈을 번쩍 떴다.

자명종의 시곗바늘은 오전 2시 21분을 가리키고 있었다.

"망할."

악몽을 꿨다.

어렸을 적 꿈이다.

아버지와 어머니가 여느 때처럼 테이블에 앉아 있다. 아버지는 기분이 언짢고, 어머니는 그런 아버지의 안색만 살피는 중이다.

테이블에는 닭튀김, 찜, 샐러드, 된장국, 밥 등 식사가 차려져 있다. 아버지는 뭔가 입에 넣을 때마다 맵다는 둥 짜다는 둥 싱겁다는 둥 불평을 늘어놓는다. 분명 오늘도 일이 잘 안 풀린 것이다. 그 스트레스를 받아내야 하는 어머니가 어린 마음에도 안쓰러웠다.

아버지는 어디에나 있을 법한 흔한 아저씨다. 일본의 직장인을 상상해보라고 하면 제일 먼저 떠오를 평균적인 아저씨. 머리 가마를 중심으로 나날이 숱이 줄어드는 뒤통수, 그게 신경 쓰여 뿌리는 흑채 냄새가 완전히 몸에 밴 중간 키 중간 몸집의, 치열이 못생긴 중년 남자다. 어머니는 왜 이런 남자를 선택했을까 싶었다.

그 의문에 대답해준 사람은 세 살 많은 누나다. "그야 경제력 때문이지. 여자는 이러쿵저러쿵해도 결국 경제력 있는 남자를 고르는 법이거든" 하고 방송에 나오는 아무개 패널처럼 턱을 치켜들며 의기양양한 얼굴로 그런 소리를 했다. 누나의 치열은 아버지와 똑같았다. 하기야 그런 소리를 대놓고 한 적은 없지만.

뭐, 확실히 누나 말마따나 아버지는 경제력만큼은 있는 편이리라. 연간 몇천만 엔씩 벌어들일 그릇은 아니었지만, 당시 연봉이 육백만 엔은 됐을 것이다. 꾸준히 일하면 해마다 연봉이 차근차근

올라 그렇게 출세는 못 하더라도 정년까지 연봉 팔백만 엔은 찍었을 것이다. 이건 희망적 관측이 아니라 틀림없는 전망이었다.

"여자에게 경제력 다음으로 매력적인 건 '안정'이지. 기억해둬. 너도 남들처럼 결혼하고 싶으면 아빠와 똑같은 직업을 가지도록 해."

아버지와 똑같은 직업. 즉, 공무원이 되라는 소리다.

누나가 그런 소리를 할 때마다 절망과도 비슷한 잿빛 미래가 보이는 심정이었다.

분명 생활은 안정적이리라.

하지만 아버지도 어머니도 전혀 행복해 보이지 않았다.

아버지는 늘 기분이 언짢았고, 어머니는 늘 아버지의 안색을 살폈다.

하야토의 악몽은 언제나 그런 식탁 장면에서 시작된다. 테이블에는 닭튀김, 찜, 샐러드, 된장국, 밥 등 식사가 차려져 있다. 아버지는 뭔가 입에 넣을 때마다 맵다는 둥 짜다는 둥 싱겁다는 둥 불평을 늘어놓는다.

안 돼, 안 돼, 그 이상은 안 된다고!

꿈속에서 하야토는 몇 번이고 소리치지만 아버지 귀에는 다다르지 않는다. 밥상 뒤엎기가 아닌, 테이블 뒤엎기가 이어진다.

식기가 깨지는 소리, 벽을 걷어차는 소리, 의자가 넘어지는 소리, 그리고 성난 고함 소리와 비명 소리. 그런 소음이 이어지는 가운데, 방구석에 쥐며느리처럼 몸을 조그맣게 웅크리고 있는 누나의 모습. 누나의 뺨에는 초콜릿 파이가 찰싹 붙어 있다.

시끄러워!

옆에서 그런 고함 소리가 들려온다.

"분명 내일 또 소문이 나겠네." 뺨에 초콜릿 파이가 붙은 채 누나가 중얼거렸다. "기타가와 씨네가 또 소란을 떨었다고. 엄마는 모르는 척하지만, 우리 집은 이미 유명한걸. 학교에도 다 퍼졌어. 남자애들이 가끔 놀린단 말이야. ……아아, 이게 무슨 꼴이람."

맞아, 무슨 꼴이람.

우리 반에도 소문이 났다.

어제는 담임에게 불려 갔다.

"기타가와, ……괜찮니?"

괜찮다고 대답하긴 했지만. ……순 거짓말이다. 있는 그대로 말할걸 그랬다.

위험해요. 저희 집은 이제 돌이킬 수 없을 만큼 위험한 상황이에요……라고. 이대로 가다가는 죽을지도 모른다.

아아, 엄마, 엄마!

그만해, 하지 마, 진짜로 죽겠어!

엄마!

2

……엄마!

의식 깊은 곳에서 아직도 그런 목소리가 희미하게 메아리치고 있었다.

하야토는 욱신욱신 아픈 등을 쭉 폈다.

결국 그 후로 한숨도 못 잤다.

잠이 극도로 부족했지만, 오전 중에는 어찌어찌 일을 해냈다. 수면이 부족해 신경이 예민해진 덕분인지 오히려 일이 척척 잘 진행됐을 정도다.

하지만 오후에는 힘들었다.

안 그래도 점심을 먹고 나서는 수면유도제라도 복용한 게 아닐까 싶을 만큼 수마가 몰려온다. 평소는 점심시간 종료를 알리는 벨이 울리기까지 5분쯤 쪽잠을 청해 수마를 떨쳐내지만, 오늘은 그것 가지고는 모자랐다.

벨이 울리자 하야토는 평소와 다름없이 고개를 번쩍 들었지만, 마치 짙은 안개 속에서 조난당한 사람처럼 시야가 흐렸다. 파란색 파티션에 회색 필터가 몇 겹으로 쳐져 있었다. 전원 버튼을 누르자 컴퓨터의 슬립 상태는 해제됐지만, 하야토의 시야는 조금도 맑아지지 않았다.

그래도 하야토는 키보드에 손가락을 얹어보았다. 모니터 화면에 문자열이 넘쳐날 듯 가득했다.

　오늘 안에 이 일을 끝내야 한다. 플레인텍스트에 '태그'라 불리는 무수한 기호를 적용해 그저 대량의 문자열을 누가 보아도 이해가 가능한 '웹페이지'로 완성해야 한다.

　사람들은 이러한 일을 맡은 사람을 '프로그래머'나 '시스템엔지니어'라고 부른다. 참으로 그럴싸하니 폼 나는 영단어지만, 육체노동과 그리 다를 바 없다. 자학적으로 'IT노예'라고 자신의 직업을 야유하는 동업자도 많다. 양쪽 다 체력 승부. 그리고 정신력과의 싸움이다.

　그런데 요 1년간 하야토는 체력 저하를 크게 실감하고 있다. 예전 같으면 2, 3일 자지 않고 쉬지 않아도 진한 커피를 벌컥벌컥 마시면 얼마든지 일할 수 있었다. 어떤 지독한 노동에도 대응할 자신감이 있었다. 몸이라는 하드웨어와 정신이라는 소프트웨어도 100퍼센트 호응을 이루었다. 하지만 1년쯤 전부터 일단 하드웨어가 작게 비명을 지르기 시작했다. 그걸 무시하자 몸 안쪽에서 끼이이익, 하고 묘한 삐걱거림이 느껴졌다. 그래도 소프트웨어 쪽은 아직 팔팔했다. 약간 고장 난 하드웨어를 소프트웨어가 보완해주었다.

　그러나 반년쯤 전부터 의지가 되던 소프트웨어도 어쩐지 버벅대기 시작했다. 컴퓨터로 말하자면 왠지 프로그램이 무겁게 느껴지는 감각이다. '무거움'을 자각하면서도 방치하다 우울증이라는 미로에 빠져든 동료가 수두룩하다. 그래서 요 몇 달은 의식적으로 '수면'을 취하도록 했다. 최악의 사태로 발전하지 않도록 하기 위한 최소한의 자기 관리다. ……그렇지만 이 수면이라는 놈이 참 성가셔서 아무리 유의해도 마음대로 길들일 수가 없다. 간신히 잠들었나 싶으면 '악몽'을 꾸고 깨어나고 만다. 그리고 잠들어서는 안 될 때에 한해, 맛 좀 보라는 듯 거대한 수마의 파도가 밀려온다.

일어나, 일어나, 일어나!

그렇게 중얼거리며 모니터 화면을 노려보지만, 인간이 생리현상을 절대 거스를 수 없는 것과 마찬가지로 수면욕이 제 것인 양 하야토의 몸을 점령했다.

힘내, 힘내, 힘내라고!

그렇게 호소하지만, 화면에 줄지은 알파벳이 몇 겹으로 떠오르는가 싶더니 갑자기 춤을 췄다. ……강력한 수마가 초래하는 환각에 가까운 착각까지 시작된 것이다.

여기까지 오면 남은 건 컴퓨터가 별안간 다운되듯 의식을 잃는 것뿐이다.

그것만은 금물이다. 저질러서는 안 된다. 잃을 것이 너무 많다.

영차.

하야토는 최악의 사태가 벌어지기 직전에 마지막 기력을 쥐어짜내 자리에서 일어났다. 그리고 파란색 파티션에서 기어 나오듯이 밖으로 나갔다.

오피스빌딩 1층 로비를 나서서 뒤쪽으로 이어지는 좁은 길을 몇 발짝 나아가면 작은 공간이 나온다.

이른바 흡연 공간이다.

빌딩 안에도 흡연실이 두 개 설치되어 있지만, 빌딩 밖 흡연 공간에 모이는 애연가가 더 많다. 뭐, 확실히 흡연실은 흡사 훈제실이나 다름없으니까. 어떤 애연가도 단숨에 혐연가로 바뀔 만큼 환경이 최악이다. 그럴 바에야 다소 귀찮더라도 개방적인 바깥으로 나가서 사랑하는 한 개비를 마음껏 만끽하고 싶은 것이 인지상정이리라. 실제로 비가 내리든 바람이 강하든 애연가들은 항상 여기에 모인다.

그러나 사실 하야토는 담배를 피우지 않는다. 그래도 여기에 오는 것은 흡연 공간 옆에 있는 자판기 때문이다. 강력한 각성 효과가 있어 마음에 드는 커피는 여기서밖에 팔지 않는다.

그렇다고 커피만이 목적인 건 아니다. 그 증거로 커피를 사고도 늘 꾸물꾸물 그 자리에 머무른다.

요컨대 여기는 막힌 숨구멍을 틔워주기에 절호인 공간이다.

이 흡연 공간에는 각 부서의 부서장급이 모이고, 가끔은 임원급의 높으신 양반까지 납신다. 마치 알몸으로 드나드는 목욕탕처럼, 담배를 피우며 직함도 지위도 관계없이 허심탄회하게 교류하는 사교장의 기능을 하는 셈이다.

하야토가 소속된 부서의 책임자도 대개는 여기에 있다. 즉, 여기에만 있으면 업무 중에 공공연하게 휴식을 취하더라도 묵인해준다. 담배를 피우지 않는 사원은 걸핏하면 이 흡연 땡땡이 문화를 문제시하지만, 이 정도 숨 돌리기는 관대하게 넘어가주었으면 한다. 어쨌거나 사무실은 벽 천지니까. 각자의 책상을 파티션으로 구분해 업무 능률을 올릴 목적인 듯하지만, 능률이 올랐다고 보기는 힘들다. 마치 벌집이나 감옥 같아서 한 시간만 있으면 호흡곤란에 빠질 만큼 폐쇄감이 느껴진다. 그런 곳에 몇 시간이나 묶여 있으면 아무리 건전한 인간이라도 언젠가는 폐인이 되고 만다.

애당초 책상에 들러붙어 있어야 일을 잘한다고 보는 일본의 문화가 문제다. 야근이 필요 없는 능력자보다 야근을 해야만 업무를 마칠 수 있는 무능력자가 높이 평가받는 건 아무리 생각해도 이상하다. 요컨대 옛날에 흔했던 야구부 특훈과도 비슷하다. 멍청한 걸 넘어서 치명적일 수 있는데도 불구하고 물을 먹이지 않고 강제로 실시하는 특훈. 물을 안 마시면 맹훈련한 기분을 유지할 수 있다는 어처구니없는 정신론에서 비롯된 만행 말이다. ······하야토도 중학교 시절 동아리 활동 때 자주 혼났다.

"물 마시지 마!"

정말 어이가 없다. 그런 비합리적인 만행이 버젓이 통하니까 일본은 아직 멀었다. 무엇보다 졸리면 자는 게 제일이라고 예전에 텔레비전에서 본 적이 있다. 쪽잠을 자면 오히려 업무 능률이 오른다고도 했다. 낮잠을 업무의 일환으로 삼는 회사도 있다고 들었다.

그런데 이놈의 회사는.

구인 광고도 빵빵 때리고 앞장서서 주식도 상장하는 것이 그야말로 시대의 첨단을 달리는 새로운 세대의 선구자……가 표면적인 이미지이지만, 그 실상은 한 세대 전의…… 아니, 딱 까고 말해 『아아, 노무기 고개あゝ野麦峠』 또는 『게 가공선蟹工船』 시대의 냄새가 풀풀 풍기는, 요샛말로 블랙기업이다(『아아, 노무기 고개』는 1968년, 『게 가공선』은 1929년에 발표됐다—옮긴이). 얼핏 보기에 화려한 신흥기업일수록 업무 환경이 구시대적인 건 어찌된 현상일까.

하야토가 자판기 옆에서 그런 의문을 떠올리며 커피를 홀짝홀짝 마시고 있자니, 오른쪽으로 인기척이 쑥 미끄러져 들어왔다.

쳐다보니 같은 층에서 일하는 동기였다. 동기라지만 이 회사에 계약사원으로 입사한 날짜가 같을 뿐, 나이는 하야토보다 많이 어리다. 분명 스물다섯 살이라 했던가.

이름은 이토 기요시.

그도 담배는 피우지 않는다. 하야토와 마찬가지로 커피가 목적이다.

"점심 먹고 나니 잠이 몰려와서 죽겠어요."

이토가 홀쭉한 왼쪽 뺨을 이쪽으로 향하며 말했다.

"오전에는 진도가 쭉쭉 나갔는데 말이죠."

완전히 자신과 똑같은 상태다.

"이토, 너도 수면 부족이야?"

하야토가 묻자 이토는 구조대와 마주친 조난자처럼 고개를 휙 돌리더니 활짝 웃었다.

"혹시 기타가와 씨도?"

"응, 이상한 꿈을 자꾸 꿔서."

"악몽요?"

"맞아, 악몽. ……너도?"

"아니요. 저는 '현실'에 시달리고 있어요."

"현실?"

"네, 옆 사람이 정말로 심상치 않아요."

"옆 사람?"

이토의 옆 사람이라면…… 아오시마 씨?

"직장 옆자리가 아니라, 제가 사는 맨션 옆집이요."

뭐? 맨션? 그렇게 좋은 곳에 살아? 난 연립주택이라고, 연립주택. '플로렌스 가든 하이츠'라는 그럴싸한 이름이 붙어 있지만, 지은 지 25년 된 목조 연립주택이야. 신주쿠에서 전철로 30분, 전철역에서 걸어서 15분 거리의 25제곱미터짜리 방. 전형적인 80년대식 원룸. 사용하기 애매한 복층에 달린 사다리가 너무 거추장스럽고, 욕실 겸 화장실은 곰팡이 천지지만 방세는 오만오천 엔이나 하는 쓰레기라고!

"맨션이라지만 지은 지 30년이나 된 허름한 곳이에요. 역에서도 멀고, ……완전히 촌구석이라니까요." 이토가 내뱉듯이 말했다.

"어디라고 했지?"

"아카쓰카."

"이타바시의?"

"네."

"뭐야, 23구 안쪽이네. 엄연한 도심이잖아!(도쿄도는 23구와 외곽의 다마 지역, 도쿄도 도서부로 이루어진다—옮긴이)"

"그래요? ……하지만 어쩐지 동네 분위기가 느긋하던데요? 저희 본가 쪽이 훨씬 도시적이에요."

"본가는 어딘데?"

"고베인데요."

"뭐야, 효고현이네."

"네? 아닙니다. 고베예요."

정말이지, 요코하마 시민과 고베 시민은 이러니까 성가시다.

"그래서? 옆집이 뭐 어쨌다는 건데?"

"아, 맞다, 맞다."

이토는 생각하기도 싫다는 듯이 떨떠름한 표정으로 말했다.

"옆집이 진짜 심상치 않아요."

"그러니까 뭐가?"

"그게 말이죠……."

'맨션 레드힐'. 이름은 그럴싸하지만, 연립주택보다 조금 나은 수준이에요. 애당초 요즘 누가 건물 이름에 '맨션'이라는 문구를 넣어요? 한 세대 전이라면 또 모를까. 뭐, 그만큼 오래된 건물이라는 뜻이에요.

하지만 살기는 나쁘지 않았어요. 이른바 옛날 주택단지 사양의 1DK인데 넓이가 40제곱미터나 된다니까요. 혼자 살기에는 충분한 크기죠. 4층 건물의 3층에 모서리집이니까 볕과 바람도 잘 들고요. 학생 시절부터 살았으니까…… 올해로 8년째인데, 지금까지는 딱히 이렇다 할 사건도 없었어요.

물론 작은 말썽은 있었죠. 한겨울 밤중에 갑자기 보일러가 고장 나서 찬물을 뒤집어쓰기도 했고, 배수관이 막혀서 오수가 역류한 적도 있었고요. 바퀴벌레 문제도 아주 심각해요. 1층에 도시락집과 스낵바가 있거든요. 그 때문인지 아무리 잡아도 바퀴벌레가 나와요. 한 번은 쥐도 나왔다니까요. 현관문을 열었는데 쥐가 멀거니 이쪽을 보고 있더라고요. 쥐도 쥐 나름대로 깜짝 놀랐는지 한동안 옴짝달싹도 안 했어요. 저도 마찬가지였고요. 잠시 서로 바라만 봤죠. 그러다 쥐가 먼저 정신을 차리고 눈 깜짝할 새 어딘가로 사라지더군요. 그때는 결국 집주인한테 상의하러 갔죠.

집주인은 비교적 좋은 분이에요.

맨션 뒤편에 사는 할아버지인데요, 전화하면 반드시 상담에 응해줘요. 쥐가 나왔을 때도 당장 업자를 불러주더군요. 그로부터 4년이 지나도록 쥐랑 마주친 적은 없어요.

뭐, 큰 말썽이라고 하면 그 정도랄까요? 지금까지는요.

네, 지금까지는 조그마한 불편함만 눈을 감으면 생활이 아주 쾌적했어요. 올해 계약이 끝나면 2년 갱신할까 싶을 정도로요. 2년이 뭐야, 훨씬 오래 살고 싶다고 할까, 과장을 좀 보태면 죽을 때까지 살아도 괜찮겠다 싶을 정도였다니까요.

그게, 집을 구하기가 워낙 힘든 세상이잖아요. 일단 심사에서부터 떨어지겠죠. 수입이 안정적이지 못하니까요. 그러니 지금 사는 곳에 계속 살 수밖에 없어요.

아아, 아무리 세월이 흘러도 결국 나는 내내 비정규직이겠지. 경기가 좋아졌다느니, 취직률이 높아졌다느니 하지만, 그런 건 우리하고 아무 상관도 없잖아요. 일단 비정규직으로 시작한 이상, 우리는 중고품인걸요. 기업도 따끈따끈한 대학의 신규 졸업생들을 정사원으로 채용하고 싶을 거라고요. 순결 신앙이랄까요. 요즘 세상에 순결에 연연하는 남자가 그렇게 많겠냐마는, 기업은 그런 점에 엄청 연연하잖아요? 저도 취준생 때 취업과 사람이 그러더라고요. '신규 졸업생'이라는 브랜드의 힘을 써먹을 수 있는 건 일생에 단 한 번뿐이니 유용하게 사용하라고요. 하지만 써먹고 싶어도 저희는 아직 잃어버린 20년인지 25년인지에 속한 세대였잖아요. ……어휴, 진짜 그런 시대에 태어난 게 원망스럽네요. 지금 생각해보면 대학원이라도 갈걸 그랬나 싶어요. 그럼 지금쯤 대기업에 합격했을지도…… 이렇게 망상해본들 허무할 뿐이지만요.

하지만 아직 최악은 아니에요. 살 곳이 있으니까요. 제 고등학교 동창생 중에는 상경했다가 쪽박을 차고 노숙자가 된 녀석도 있거든요. 겨우 이십 대 중반인데 사연이 참 딱하다니까요. 그 녀석, 그때까지 살던 연립주택에서 쫓겨났대요. 고작 집세가 두 달 밀렸다는 이유로요. 보통 겨우 그 정도로 쫓아내나요? 비참했던 모양이더라고요. 어느 날 집에 돌아갔는데 열쇠가 안 맞더라지 뭐예요. 한번 그렇게 되면 멀쩡한 집은 구할 수 없게 되나 봐요. 부동산업체의 블랙리스트에 오른다나. ……뭐, 소문이지만요.

그런 이야기를 듣고 나니 더더욱 지금 사는 집에 들러붙어 있을 수밖에 없겠구나 싶더군요.

집주인이 참 좋은 분이시라 사정을 말하면 집세도 미뤄줘요. 아, 저는 지금까지 딱 한 번만 그랬어요. 이 회사에 오기 전에 두 달쯤 공백이 생겼는데, 그때는 도저히 집세를 낼 수 있는 형편이 아니었거든요. ……그때는 얼마나 고마웠는지 몰라요. 그때 여기에 계속 살자고 남몰래 결심했죠.

그런데 최근에 저의 이 조촐한 인생 계획에 금이 가고 말았어요.

금을 낸 건 옆집 사람.

저희 집 왼쪽에 사는 사람이에요.

뭐랄까, ……이상한 소리가 나요.

올 초봄부터였나. 그 전까지는 그렇게 거슬리지 않았어요. 화장실 물 내리는 소리나, 텔레비전 소리처럼 생활소음이 간간이 들리는 정도였죠. 그 정도는 하나도 안 거슬려요.

그런데 초봄부터 어째 거슬리기 시작하더라고요.

아마 다른 사람이 이사 왔을 거예요. 마침 그 시기에 맨션 앞에서 이사업자 트럭을 봤으니까. 아마 그날 옆집에 이사를 왔겠죠.

이사 인사?

요즘 누가 그런 걸 하러 다녀요?

뭐, 하는 사람은 하겠지만 저희 집에는 안 왔어요. 그래서 어떤 사람이 사는지는 자세하게 몰라요.

그래도 남자와 여자일 거예요. 나이는…… 저보다 조금 많은, ……아아, 아마 기타가와 씨 정도려나?

아주 구체적이라고요?

그게, 실은 옆집 사람 같은 사람과 마주친 적이 있거든요. 한 번은 여자랑, 그리고 한 번은 남자랑. 처음 보는 얼굴이었으니 아마 옆집에 이사 온 사람이겠죠. 남자는 양복 차림이었어요. 평범한 직장인 같은 느낌. 하지만 좀 예민하다고 할까요? 지나갈 때 그 사람이 지갑을 떨어뜨렸는데요, 지갑을 주워서 물티슈로 꼼꼼하게 닦더라고요. 여자는, ……음, 그 사람도 평범했어요. 슈퍼 계산대에서 파트타임 일을 할 것 같은 주부? 그런 느낌이었죠.

그 두 사람은 역시 부부겠죠?

하지만 아이는 없을 거예요. 아이 목소리는 들린 적 없거든요.

네, 저는 목소리에 시달리고 있어요.

한밤중에 옆집에서 뭔가 목소리가 들린다고요.

아니, 다른 시간대에도 물론 목소리는 들리지만, 밤중에는 주변이 조용한 탓인지 소리가 엄청 울리거든요. 무슨 이야기를 하는지도 다 들릴 만큼요.

그렇게 벽이 얇으냐고요?

벽만 문제인 게 아니에요. 창문이에요, 창문. 옆집 사람들이 창문을 열어놓는다니까요.

이건 맹점이었어요. 집을 선택할 때 벽 두께는 흔히 신경 쓰겠지만, 창문까지 신경 쓰는 사람은 없잖아요? 하지만 소음은 창문으로도 들어온다고요. 저희 집은 모서리라 창문이 남쪽과 동쪽에 하나씩 있어요. 그리고 부엌과 욕실에도 있는데, 그중 하나라도 열어놓으면 맨션 1층 스낵바의 소음이 올라와서 되도록 안 열어요. 하지만 상대가 창문을 열어놓으면 어쩔 수가 없더라고요. 제가 아무리 막아도 창문을 통해 소음이 저희 집에도 들려요.

게다가 옆집 창문은 저희 집 창문 바로 옆, 아마 50센티미터도 안 떨어져 있을 거예요.

그래서 술술 새어 들어온다고요!

아, 이야기 소리가 얼마나 시끄러운지!

아니, 처음에는 부부 사이의 흐뭇한 대화였어요.

오늘 도시락 어땠어?

음, 좀 매웠나?

아, 미안해, 내일은 좀 더 신경 쓸게.

······이런 식으로요.

사랑하는 아내의 도시락이라, 좋겠다······. 그보다 기껏 도시락을 싸주는데 웬 불평이냐. ······그러면서 저도 가끔 속으로 핀잔을 주곤 했죠.

그런데 언제부터였을까요?

대화에 점점 날이 서더라고요.

이제 도시락 안 싸줘도 돼.

왜? 도시락이 맛없어?

그러니까 그런 점이 성가셔.

성가시다고? 뭐가 성가신데?

말했잖아, 그런 점이라고!

······이런 식으로 대화가 꼭 무슨 이혼 직전의 부부 같은 느낌이더군요.

실제로도 뭔가 금이 갔으니까 그렇겠죠······.

그리고 이번 달 들어서는 툭하면 싸워요. 그것도 한밤중에요.

집주인에게 상의하려고 했을 때 목소리가 약간 작아지긴 했지만요. 분명 다른 사람이 불만을 제기한 거겠죠. 싸움이 시작되면 옆집이 창문을 닫더군요.

하지만 그러자 이번에는 벽을 통해 들리는 소리가 거슬리더라고요.

이게 정말 정신건강에 안 좋아요.

소곤대듯 작은 목소리라 무슨 내용인지는 모르겠는데, 오히려 그게 더 신경 쓰이거든요.

하는 수 없이 헤드폰을 끼고 음악을 들으며 잠을 청하지만, 수면 리듬이 어그러진 탓인지 영 잠이 안 와요. ……잠에 빠져들 것 같으면 벽을 쾅 차는 소리에 깨어나기 십상이고요.

왜, 잠이 막 들었을 때는 소리가 몇 배로 크게 들리잖아요.

진짜, 집에 폭탄이라도 떨어진 것처럼 시끄럽게 울린다니까요.

목소리만으로도 짜증 나는데 벽을 쾅쾅 걷어차는 소리까지 나서 정말로 신경쇠약에 걸릴 지경이에요.

어제는 결국 한숨도 못 잤어요.

너무 시끄러워서요!

그거 분명 도메스틱 바이올런스…… DV일 거예요.

네, 그거, 가정폭력요.

그 남자가 아내를…….

가끔 흐느껴 우는 소리도 들리거든요.

미안해, 미안해…… 하면서.

이거 심상치 않아 보이죠?

집주인한테 상의했느냐고요?

그거예요, 그게 문제라고요!

실은 집주인이 —

*

결국 집주인이 어떻게 됐는지 듣지 못하고 하야토는 사무실로 돌아왔다.

아무리 묵인해준다고는 하나 15분 넘게 거기서 휴식을 취하는 건 삼가야 한다. 게다가 하야토의 부서 책임자가 이쪽을 힐끔 보고 그 자리를 떠났다. 이건 "이만 돌아가지 않으면 감싸줄 수 없어"라는 사인이다.

진한 커피를 마신 덕분인지 졸음은 가셨다.

좋아.

부지런히 해볼까!

탁탁타닥타닥…….

자판을 두드리는 소리에 스스로도 홀릴 것만 같았다. 이 상태라면 늦지 않게 일을 끝마칠 수 있으리라.

탁탁타닥타닥…….

"오피스 부리코입니다!"

그런 목소리와 함께 사무실에 울려 퍼지던 자판 두드리는 소리가 딱 멈췄다.

둘러보자 하야토 주변에는 이미 인기척이 없었다.

아아, 어느새 시간이 이렇게 됐나.

오후 2시 반. 회사 사람들은 이때를 '오피스 부리코 타임'이라고 부른다. 이 시간이 되면 부리코 아줌마가 과자로 가득한 밀차를 밀고 찾아온다.

오피스 부리코는 밀차를 가지고 오피스빌딩을 돌아다니며 과자를 파는 제과회사 '부리코'의 판매사원, 쉽게 말하면 과자 행상이다. 실은 과자 상자에 상품을 채우는 게 주 업무지만 그때 판매도한다. 오전에 와서 유산균음료를 판매하는 요구르트 아줌마도 고맙지만, 이 '오피스 부리코'도 상당한 인기다. 어디서든 살 수 있는 과자인데도, 마치 제2차 세계대전 후에 "기브 미, 기브 미"하며 점령군에게 몰려드는 아이들처럼 사원들이 부리코 아줌마에게 몰려든다.

하야토도 의자에서 천천히 일어섰다. 딱히 먹고 싶은 건 아니었지만 이 또한 집단심리이리라. 다들 먹고 싶어 하면 어쩐지 자신도 먹어야 할 것 같은 기분이 든다. 더 나아가 사람들을 헤치고 어떻게든 사야 한다는 초조함에 사로잡힌다. 어제 먹었던 초콜릿 쿠키 맛이 혀 위에 되살아나고, 그걸 다시 맛보고 싶다는 욕망으로 머릿속이 가득 찼다.

하지만 초콜릿 쿠키는 부리코의 과자 중에서도 대표 인기상품이다. 발매된 지 40년이 지나도록 인기가 수그러든 적이 없다. 하야토도 소풍날이면 반드시 부리코의 초콜릿 쿠키를 가방에 챙겼을 정도다. 그리고 반드시 가방 속에서 걸쭉하게 녹아버리곤 했다.

아니나 다를까, 초콜릿 쿠키는 이미 동났다고 한다. 부리코 아줌마가 미안한 듯 다른 추천 상품을 하야토에게 내밀었다. 초콜릿 파이. 이것도 부리코의 유서 깊은 인기 상품이다. 하야토도 초등학생 때는 아주 좋아했다.

하지만 지금은…….

"아, 그건 됐어요."

하야토는 냉랭하게 거절하고 부리코 아줌마에게 등을 돌렸다. 스스로 생각하기에도 어른스럽지 못하기는 했다. '원하는 과자가 없다고 저런 태도를 취하다니, 무슨 초등학생이냐' 하고 비난의 눈으로 보는 사람도 분명 있으리라.

하지만 어쩔 수 없다. 초콜릿 파이는…… 이제 거북하다.

"그 마음 알죠."

자리에 앉으려 했을 때 앞자리의 아오시마 씨가 파티션 너머로 말했다. 하야토보다 석 달쯤 먼저 입사했다고 한다. 지위는 하야토, 이토와 같은 계약사원이다.

"마지못해 대체품을 사본들 결국 돈 낭비니까요. 안 사는 게 정답입니다. 그리고 초콜릿 파이는 위턱에 파이가 들러붙어서 먹기가 좀 귀찮아요. 파이 생지가 툭툭 떨어져서 책상도 버리고요."

아오시마 씨는 기본적으로 말이 없다. 하루 종일 입을 다물고 지낼 때도 있다. 하지만 일단 입을 열면 한도 끝도 없는 경향이 있었다. 전에도 이토가 별생각 없이 꺼낸 단어에 흥미를 느꼈는지, 한나절 내내 입을 가만히 두지 않았다. 하지만 손은 늘 자판 위에 있고, 일도 제대로 하는 모양이다. 그 증거로 매일 칼같이 퇴근한다. 한편으로 주변 사람들은 피해를 입는다. 아오시마 씨의 독특한 목소리가 파티션 너머로 스멀스멀 넘어오는 탓에 집중력이 눈보라 흩날리듯 흐트러지기 때문이다. 하야토도 몇 번이나 집중력이 흐트러진 끝에 퇴근 시간까지 여유롭게 마칠 줄 알았던 업무를 마치지 못해 야근한 적이 있었다.

또 그때의 전철을 밟는 걸까?

마음의 대비를 했을 때 아오시마 씨가 씩 웃더니 파티션 너머로 고개를 거두었다. 그리고 아무 일도 없었다는 듯 탁탁타닥…… 하고 경쾌하게 자판을 두드리기 시작했다.

아오시마 씨 팀은 관공서 홈페이지 개발이 주된 업무다. 기획부터 홈페이지 제작까지 관공서에서 통째로 하청받은 일을 맡는다. 들은 바로 고객은 30곳이 넘는 모양이다. 죄다 듣도 보도 못한 과소지역의 관공서다. 시험 삼아 홈페이지에 한번 들어가봤는데, 복제품인가 싶을 만큼 죄다 모양새가 똑같았다. 콘텐츠는 다소 고객의 요청에 부응한 듯 보였지만, 아마 거의 똑같은 소스를 돌려쓰고 있는 것이리라. 홈페이지를 장식한 마스코트 캐릭터 동영상까지도 돌려쓴 거였다. 이렇게 날림으로 일하면 아주 한가하지 않을까 싶지만, 그런 지레짐작과는 달리 아주 힘든 모양이다. 국가에서 툭하면 하달하는 지도와 제안에 따라 홈페이지도 갱신해야 하기 때문이란다. 몇 달 전에도 저출산 문제가 심각한 시정촌(일본의 행정구역 단위인 시市, 정町, 촌村을 통틀어 이르는 말—옮긴이)에 저출산 문제 대처 기획을 세워서 공표하라는 지도가 하달됐다고 한다. 말할 것도 없이 아오시마 씨 팀이 담당한 과소지역의 관공서는 모조리 지명된 듯, 다음 달까지 저출산 대책 게시판을 만들어야 한다는 이야기다. 무슨 게시판이냐 하면, 참 안이하게도 소위 '지역 미팅'의 참가를 호소하는 게시판이라고. 즉, 시정촌이 주최하는 '단체 미팅' 알림 게시판이다. ……이게 아주 애먹이는 모양이었다.

하지만 뭐, 그래도 우리 팀이 맡은 무료 콘텐츠 프로그램보다는 어쩐지 마음 편한 것 같지만. 봐라, 아오시마 씨 옆에 앉은 이토가 아까부터 우아하게 꾸벅꾸벅 졸고 있잖은가.

위아래로 흔들리는 머리가 파티션 너머로 잘 보인다. ……잠이 엄청 부족한 모양이다. 이 상태로는 퇴근 시간까지 일을 못 끝내겠지. 불쌍해라.

그렇게 남을 가엾어할 상황이 아니었다.

하야토도 꾸벅꾸벅 졸다가 번쩍 눈을 뜨자, 일이 반 넘게 남았는데도 어느덧 퇴근 시간이었다.

아아, 어쩔 수 없다. 오늘은 전력으로 야근을 하자는 마음으로 커피를 뽑으러 자판기에 가니, 이토가 한발 먼저 커피를 홀짝홀짝 마시고 있었다.

"아, 고생 많으시네요."

이토가 형식적으로 인사했다. 뺨이 더 홀쭉하니 수척해 보였다.

"너도 야근?"

하야토는 동전을 한 손에 들고 물었다.

"네, 뭐. ……도중에 졸아서요."

"나도 졸았어."

"잠이 부족하니 힘드네요……."

"그러게. ……아."

평소 먹던 커피에 품절 표시가. 뭐야, 오늘은 진짜 재수가 없네.

"제 거 드실래요?"

이토가 마시던 캔커피를 내밀었지만, 정중하게 사양했다. 그리고 두 번째로 진하다고 평이 난 커피를 뽑았다.

"아, 맞다. 그래서 집주인이 어쨌는데?"

벌써 몇 시간이나 지났는데 이 무슨 생뚱맞은 질문인가 싶었지만, 이토는 어리둥절해하는 기색 없이 바로 대답했다.

"아아, 집주인이요? 집주인이 실은……."

＊

집주인이 실은 죽었어요. 누군가에게 살해당한 모양이에요. 뉴스에도 났는데 모르세요? 묻지마살인범의 소행인가? 노인을 둔기로 마구 때려서……라는 뉴스. 머리가 깨지고 얼굴도 짓이겨져서 꼴이 말도 아니었대요. 지난주에 일어난 사건이에요. 그래서 부동산업체에서 우편물이 왔는데, 조만간 주인이 바뀔 테니 계약서를 다시 쓰자더라고요.

뭐, 그건 어쨌거나 옆집이요. 소음이 점점 더 심해져요. 어제는 벽이 뚫리는 게 아닐까 싶을 정도로 쿵쿵대더라니까요. 그것도 새벽 1시요. 와, 잠자기는커녕 무서워서 죽을 뻔했어요.

끄악, 헉, 하는 비명도 들렸어요. 벽을 통해서.

엄청 심각한 느낌이더라고요.

부인이 죽는 게 아닐까 걱정이었어요.

도저히 가만히 있을 수가 없어서 결국 경찰에 신고했죠.

옆집 부인이 심각한 가정폭력으로 죽을지도 모른다고요.

물론, 귀찮은 일에 말려들기는 싫었어요. 하지만 보고도 못 본 척은 못 하겠더라고요. 저러다 정말 죽기라도 하면 제 멘탈이 깨질걸요. 스스로를 용서할 수 없어서 트라우마가 생길 거예요.

아무튼 10분도 안 지나 경찰이 왔죠.

일본 경찰은 역시 대단해요. 드라마나 뉴스에서는 경찰의 태만

한 모습만 강조하지만, 실제로는 다르더라고요. 진짜 신속했어요.

맨션 앞에 차가 멈춘 것 같아 창밖을 내다보자 사이렌은 울리지 않았지만 경찰차였어요. 그런 면에서도 신경을 많이 쓰더군요. 섣불리 사이렌을 울렸다가는 일이 커져서 폭력적인 남편의 심기를 거스를 테니까요.

그로부터 몇 분 후에 현관문 밖에서 발소리가 들렸어요. 경찰관이 온 거예요. 귀를 기울이고 있자니 옆집 초인종이 울리고…… 문이 열리는 소리가 났어요.

무슨 이야기를 하는지는 잘 안 들렸지만, 문은 부인이 연 모양이었어요.

사태의 장본인인 남편은 안 나와보는 것 같더군요.

어떻게 알았냐고요? 그야 저희 집 벽을 통해 남편 목소리가 희미하게 들렸으니까요.

역시 확실히는 안 들렸지만 크으으으으, 하고 으르렁대는 듯한 목소리였어요. 분명 안에서 부인을 위협하고 있었을 거예요.

"남편분 나오세요. 남편분 안에 계시죠?"

아마 경찰도 그걸 알아차렸는지 남편을 불러내려고 하더군요.

"아니요, 없어요. 죄송해요. 조용히 할 테니 오늘은 그냥 돌아가주세요" 하고 부인이 울면서 부탁했어요.

어쩐지 서글퍼지더군요.

폭력을 휘두르는데도 남편이랍시고 감싸다니.

부부는 그런 법일까요?

기껏 용기를 쥐어짜내 경찰에 신고했는데, 바보가 된 듯한 기분이었어요.

경찰도 더는 개입할 수 없다는 듯 맥없이 물러갔고요.

하지만 뭐, 그 후로는 옆집도 조용해졌으니, 신고가 헛수고였던 건 아니네요.

아, 맞다.

오늘 아침에 옆집 부인이랑 쓰레기 내놓는 곳에서 딱 마주쳤는데요.

제 얼굴을 보자마자 감사하다더군요.

아, 혹시 내가 신고한 걸 들켰나 싶어 한순간 굳어버렸지만, 감사하다니까 들켜도 상관없겠다 싶어 물어봤어요.

"이제는 좀 괜찮으세요?"

"아아, 역시 당신이었군요" 하고 빙긋 웃더라고요.

부인이 웃는 모습은 처음 봤어요. 어쩐지 그 웃음을 본 것만으로도 신고하길 잘했다고 할까…….

뭐랄까요? 역시 기분이 좋더라고요.

……네? 그런 것치고는 안색이 별로라고요?

그런가요? 제 안색이 그렇게 안 좋아요?

아아, 그럼 원인은 맨션 계약서일 거예요. 주인이 바뀌어서 수입 증명부터 근무 상태까지 재심사하겠다는데, ……괜찮을까 모르겠어요. 그게, 저희들은 비정규직이니까요.

*

　자리로 돌아오기 전에 하야토는 탕비실에 들렀다.

　여기에는 '오피스 부리코'의 과자 상자가 놓여 있다. 3단 서랍이 달린 플라스틱 박스로, 입을 떡 벌린 잉어를 본떠서 만든 대금함에 돈을 넣고 과자를 가져가는 게 규칙이다. 돈을 넣지 않고도 과자를 마음대로 가져갈 수 있다는 점이 자판기와는 크게 다른데, 요컨대 무인 채소 판매소의 판매 방식과 동일하다. 즉, 인간의 선의에 의지하는 시스템이다. 듣기로 우리 사무실의 대금 회수율은 95퍼센트라고 한다. 아주 높은 비율이라고 생각하지만, 과자 상자와 대금을 관리하는 총무부 사람들 입장에서는 좀도둑질을 하는 사람이 5퍼센트나 된다는 게 용납이 안 된다는 모양이다. 그러나 5퍼센트라면 오차범위다. 고의로 훔쳐가는 건 아니리라. 그런데도 총무부는 일일이 잔소리가 심하다니까. 쓰레기 분리수거도 인정사정 안 봐주고, 흡연 공간에 대해 이러쿵저러쿵 비판적인 의견을 내놓는 것도 총무부 사람들이다. 그뿐만이 아니다. 녀석들은 특히 계약사원과 파견사원들에게 눈을 번뜩인다. 예전에 한 파견사원이 분리수거 규칙을 미처 모르고 남은 음식과 함께 편의점 도시락을 버렸을 때는 일부러 쓰레기를 꺼내 버린 본인의 책상에 되

돌려놨을 정도다. 과자값을 내지 않은 5퍼센트도 우리들 비정규
직이라고 여기는 경향이 있다.

'과자값을 반드시 넣으세요!'라고 인쇄해서 붙여놓은 종이는
비정규직용 서류의 이면지다.

정말 가지가지 하는군.

암요, 백 엔 정도는 꼭 넣겠습니다…… 하고 지갑을 뒤졌지만
아무리 찾아도 백 엔 동전이 없었다. 캔커피를 뽑을 때 백 엔 동전
을 다 쓴 모양이다. 있는 건 십 엔 동전과 일 엔 동전. 긁어모아도
백 엔에는 못 미쳤다. 만 엔짜리와 천 엔짜리 지폐는 있지만, 거
스름돈은 안 나온다. 그렇다면 먹지 말까 싶었지만, 뇌가 몹시 당
분을 원했다. 편의점에 가는 방법도 있으나 제일 가까운 편의점
도 15분은 걸린다. 왕복 30분. 그럴 시간이 있으면 일을 조금이라
도 더 해치우고 싶다. ……아아, 먹고 싶다. 그 초콜릿, 그 비스킷,
그 스낵. 손만 뻗으면 되는데. 그래, 백 엔 동전을 넣지 않아도 이
서랍은 열린다. ……지금은 못 내지만, 내일은 반드시 넣게. 훔치
는 게 아니야. 달아놓는 것뿐이라고. 반드시 돈을 낼게. 내일 반드
시…….

자리로 돌아오자 파티션 너머로 머리가 살짝 보였다.

이토, 어느 틈엔가 돌아왔구나.

그런데 사무실에는 이토가 자판을 두드리는 소리밖에 나지 않

았다. 발돋움을 해 둘러보자 다른 자리는 텅 비어 있는 것 같았다. 컴퓨터도 탁상스탠드도 전부 꺼졌다.

······그렇구나. 오늘은 수요일, 야근 없는 날이지 참. ······야근 없는 날은 개뿔. 야근하고 싶어서 하는 사람이 어디 있어.

진짜 가지가지 한다.

나도 얼른 일을 끝내고 돌아가야지.

그런 하야토의 결심이 단숨에 시들어버릴 만큼 달콤한 냄새가 풍겨 왔다.

······이건 부리코의 초콜릿 쿠키 냄새잖아?

아작, 아작, 쩝쩝.

참으로 맛있게 먹는 소리까지 들렸다.

뭐야, 이토. 초콜릿 쿠키 있었구나! 나도 그거 엄청 좋아하는데. 하나만 주면 안 될까? 전에 포테이토칩 나눠줬잖아. 그거 아직 안 갚은 거 알지? ······그렇게 텔레파시를 보냈지만 물론 닿은 낌새는 없었다.

탁탁타닥······.

아작, 아작, 쩝쩝······.

자판 두드리는 소리와 쿠키 먹는 소리가 하야토의 이성을 궁지에 몰아넣었다.

"잔돈이 없더라고."

하야토는 말을 꺼내보았다.

"하필이면 백 엔짜리가 없어서 과자를 못 샀어. 그거, 달아놔도 되는 건가?"

하지만 대답은 없었다.

"실은 돈을 안 넣고 과자만 가져올까 싶었거든. 물론 돈은 내일 낼 생각으로. 하지만 못 그러겠더라."

탁탁타닥……

아작, 아작, 쩝쩝……

이토 너, 이렇게 정 없는 놈이었냐.

그래 어디 한번 해보자. 내 치부를 드러내서라도 너한테 초콜릿 쿠키를 얻어먹겠어!

"옛날에도 비슷한 일이 있었지. 초등학생 때였어. ……근처 구멍가게에서 부리코의 과자를 사려고 했는데 돈이 모자라는 거야. 그러자 가게 할머니가 괜찮으니 가져가라더군. 실컷 가져가라고. 나는 공짜로 과자를 몇 상자 들고 가게를 나섰어. 반 친구가 그걸 보고 기타가와가 도둑질을 했다고 소문을 냈지. 나중에 알았는데 그 할머니는 망령이 나서 누구한테나 그냥 가져가라고 한다나, 그래도 다들 돈을 내고 샀지만. 난 그런 줄은 꿈에도 모르고 누나한테 과자를 공짜로 받았다고 자랑했지. 그리고 누나랑 둘이서 과자를 맛있게 먹었어. ……그게 바로 부리코의 초콜릿 파이었어.

어머니랑 아버지가 집에 와서 저녁 먹을 때가 되었는데도 우리는 초콜릿 파이만 계속 먹었어. 그거 한번 먹으면 멈출 수 없는 거 알지? 아버지가 꾸중하는 중에도 계속 먹었다니까. 분명 누나도 나도 반항기였을 거야. 아버지가 속 좁은 성격이라 한번 뭐라고 하기 시작하면 얼마나 성가시고 끈덕지게 굴었는지 몰라. 그래서 일부러 보란 듯이 초콜릿 파이를 먹은 거야. 불쾌해진 아버지는 음식을 입에 넣을 때마다 맵다느니 짜다느니 싱겁다느니 트집을 잡았어. 그때 전화가 왔지. 전화를 받은 어머니의 얼굴이 대번에 창백해지더니 그 과자 훔친 거냐고 나한테 물었어. 무슨 소린가 싶어 무시했더니, ……테이블이 뒤집어졌어."

하야토는 말을 끊고 심호흡을 한 번 했다. 이런 이야기까지 해도 될까 망설여지기는 했지만, 여기서 전부 털어놓고 우스갯감으로 삼으면 혹시 그 악몽에서 해방될지도 모른다…… 갑자기 그런 생각이 들었다. 괜히 꼭꼭 싸매고 있으니까 좀먹히는 것이다. 그래. 확 털어놓자. 그리고 오늘 밤부터 편하게 자는 거다.

"테이블에 놓여 있던 닭튀김, 찜, 샐러드, 된장국, 밥이 전부 벽과 바닥에 내동댕이쳐졌지. 그거로는 모자라다는 듯 그 사람은 더욱 날뛰었어. 나랑 누나도 걷어차이고 두드려 맞았지. ……누나는 이가 몇 대나 부러졌어. 나도 코뼈가 부러졌고. 둘 다 피투성이가 됐다니까. 그런데도 아직 멀었다는 듯 식칼까지 꺼내서 우리한테 휘둘렀어. 우리는 엉엉 울면서 도망쳤고. 그 시끄러운 소리에 이웃 사람이 경찰을 불렀어. ……다행히 경찰은 금방 왔지. 그리고 그 자리에서 우리 어머니를 체포했어.

그래, 가정폭력을 휘두른 건 어머니였어. 평소 얌전한 사람이었지만 일단 화가 나면 감당이 안 됐지…….”

하지만 이토는 여전히 아무 반응도 보이지 않았다. 자판 두드리는 소리와 쿠키 먹는 소리만 들릴 뿐이다. “야, 듣고 있어?” 하고 일어서려 했을 때 “이토 씨 있어요?” 하고 총무부 여직원이 와서 찾았다. 그제야 자판 두드리는 소리가 멈췄다.

“저기요, 이토 씨 있느냐고요?”

그 말에 살기를 느꼈는지 이토가 부리나케 일어섰다. ……어? 이토가 아니다. 아오시마 씨?

아오시마 씨는 귀에 꽂은 이어폰을 빼고 변명하듯 설명했다.

“이토는 몸 상태가 별로라며 먼저 갔는데요. 그래서 제가 대신 일을 마무리하는 중입니다. 이토의 컴퓨터로.”

“남의 컴퓨터를 사용하는 건 금지인데요?”

“아, 네. ……죄송합니다. 앞으로 주의하겠습니다.”

“진짜 너무하는 거 아니에요?” 총무부 여직원이 떡 버티고 서서 손에 든 서류로 책상을 몇 번 내리쳤다. “이토 씨가 오늘 안에 수입증명서를 발급해달라기에 서둘러 작성했는데. 오늘은 야근 없는 날인데 이게 뭐야!”

그래도 화가 가라앉지 않는 듯 이번에는 주먹으로 파티션을 후려갈긴다.

“확, 죽어버려라.”

3

쿵!

벽이 둔중하게 울렸다. 이토 기요시는 몸을 부르르 떨었다.

"또냐……."

기요시는 오후 7시가 되기 조금 전에 집에 돌아왔다.

실은 야근을 해야 했지만, 아오시마 씨가 귀엣말을 했다. "대신 해줄까요?"

아오시마 씨는 사내 대행사라는 별명으로 통한다. 아무리 애를 써도 업무를 다 처리할 수 없거나 몸이 안 좋아 보이는 사원을 눈치 빠르게 찾아내 일을 해주는 대신 돈을 받는다. 비용은 한 시간에 이천오백 엔. 아무리 생각해도 자신의 시급보다 높은 액수지만, 오늘은 그런 터무니없는 비용을 치르고서라도 빨리 집에 가고 싶었다. 아무튼 자고 싶다는 생각뿐이었다. 오늘이야말로 푹 자고 싶었다.

간단하게 샤워하고 1층 도시락집에서 산 주먹밥을 먹고 있자니 초인종이 울렸다. 도어스코프로 내다보자 옆집 부인이었다.

"오늘 아침에 뵀었죠." 문을 열자 부인은 약간 수줍은 표정으로 말했다. "그러고 보니 이사 오고 인사 한번 제대로 못 드린 것 같아서요."

보아하니 손에 뭔가 들고 있었다.

"아아, 마음에 두실 것 없어요. ……그것보다, ……이제 괜찮으세요?"

"네, 괜찮아요."

그때 빛나는 뭔가가 허공을 갈랐다. 뭐지? ……망치? 눈을 가늘게 떴을 때 강한 충격이 기요시의 머리를 덮쳤다.

"이 썩을 놈아!"

부인이 귓가에 그런 소리를 지른 것 같기도 했지만, 기요시에게 의식은 이미 조금도 남아 있지 않았다.

끝

【왕 아웃사이더: 2014/11/28(금) 23:24:05】
겁나 무섭네. 음, 어쩔까? 방금 막 체험한 일인데. 아

【불특정다수: 2014/11/28(금) 23:25:04】
야, 뭐야?

【불특정다수: 2014/11/28(금) 23:25:04】
어이, 뭐 하냐?

【불특정다수: 2014/11/28(금) 23:25:06】
응? 뭐지?

【불특정다수: 2014/11/28(금) 23:25:06】
중간에 끊지 마.

【왕 아웃사이더: 2014/11/28(금) 23:27:35】

미안. 너무 동요하는 바람에. 전원코드가 발에 걸려서 컴퓨터 전원이 꺼졌어.

【불특정다수: 2014/11/28(금) 23:28:47】

허둥대기는.

【불특정다수: 2014/11/28(금) 23:28:47】

자자, 마음을 좀 진정시켜.

【왕 아웃사이더: 2014/11/28(금) 23:31:47】

고마워. 시원한 맥주를 마셨더니 마음이 좀 진정됐어. 하지만 아직 머릿속이 뒤죽박죽이야. 그래서 종잡을 수 없는 글이 나올지도 모르지만, 양해해주길 바란다. 일단 방금 내가 체험한 일을 있는 그대로 적어볼게.

【불특정다수: 2014/11/28(금) 23:36:21】

뭘 그렇게 뜸을 들이냐. 빨리 써. 컴퓨터 앞에서 계속 대기 중이란 말이야.

【왕 아웃사이더: 2014/11/28(금) 23:38:03】

미안. 문을 제대로 잠갔는지 확인 좀 하고 오느라.

아, 창문도 잠그고 올 테니까 잠시만 기다려.

【불특정다수: 2014/11/28(금) 23:38:43】

엄청 애태우네.

【불특정다수: 2014/11/28(금) 23:39:45】

야, 아직이냐?

【왕 아웃사이더: 2014/11/28(금) 23:40:48】

미안하다. 다시 한번 사과할게. 그럼 이번에야말로 내가 방금 체험한 일을 올릴게.

M시라고 알려나? 도쿄도와 사이타마현 경계에 위치한 시인데, 예전에는 유명한 기업의 공장이 많아서 그 국물을 얻어먹으며 제법 번창한 모양이지만, 지금은 완전히 쇠퇴했어. 공장이 전부 빠져나간 모양이더라고.

인구 감소도 장난 아니라서 많을 때는 20만 명이나 되던 인구가 지금은 만 명 아래로 떨어졌대. 그중 70퍼센트가 육십 세 이상의 고령자라 저출산고령화가 엄청난 기세로 진행되고 있다는군.

【불특정다수: 2014/11/28(금) 23:41:53】

M시, 알아. 예전에 자동차회사 계약생산직으로 반년쯤 거기 살았어. 벌써 10년이나 지났지만. 그때는 제법 번화한 곳이었는데.

【왕 아웃사이더: 2014/11/28(금) 23:49:43】

지금은 과소화가 많이 진행됐어. 이대로 가다가는 20년 안에 시 자체가 소멸할 거라는 예측도 나왔을 정도라 지금 지역 관공서가 발등에 불이 붙었는지 '저출산고령화 탈출'이라는 캠페인을 필사적으로 펼치고 있다는 말씀.

구체적으로 말하면 '배필 소개 사업'에 엄청 힘을 쏟고 있어. 왜 '지역 미팅'이라고 있잖아. 참가자에게 교통비와 숙박비는 물론,

수당과 기념품까지 챙겨주는 행사. 그 행사 모집 공고를 어제 인터넷에서 발견했어.

교통비와 숙박비도 그렇지만, 이 수당이 엄청 파격적이거든. 참가하면 하루에 이만 엔을 지급한다는 거야. 기념품도 대단하고. 참가 기념으로 다이슨 청소기 또는 고급 전기밥솥. 둘 다 그냥 사면 오만 엔 넘게 줘야 하는 물건이야. 커플이 성사되면 삼십만 엔 상당의 카르티에 반지와 프라다 백을 주고. 정말 필사적이구나 싶어서 눈물이 날 만큼 대출혈 서비스라니까. 하지만 물론 조건이 있어. 커플이 성사돼 결혼하면 최소한 5년은 M시에 살아야 해.

좀 심하다 싶은 조건이지. 그러나 난, 자랑은 아니지만 모태솔로로 살아온 왕 아웃사이더거든. 지역 미팅에 참가해도 커플이 성사되기는커녕 함께 사진도 못 찍을 만큼 못생겼는데, 결혼 후를 사서 걱정한들 무슨 소용이겠냐. 그래서,

【불특정다수: 2014/11/28(금) 23:50:24】

또 뭐야. 중간에 끊지 말라니까.

【왕 아웃사이더: 2014/11/28(금) 23:51:43】

미안, 좀 길어질 것 같아서 나누어 올리기로 했어.

【불특정다수: 2014/11/28(금) 23:53:08】

처음부터 그러든가. 진짜 계획성 없는 놈이네. 그러니까 여친이 없는 거야.

【불특정다수: 2014/11/28(금) 23:54:07】

뼈 때리기 없기. 확실히 계획성이 없긴 해. 그건 인정한다.

【불특정다수: 2014/11/28(금) 23:54:59】

아무튼 빨리 다음 이야기나 내놔!

*

그로부터 한 시간은 지났을 것이다.

사야카는 다시 컴퓨터 앞에 앉아 '호러 게시판'에 들어갔다.

무서운 이야기는 초등학생 때부터 아주 좋아했다. 아니, 태어난 순간부터 좋아했다고 해도 과언이 아니다. 귀신이 나오기로 유명한 병원에서 불멸일(음양도에서 만사가 불길하다고 하는 날—옮긴이)에 태어났으니까. 엄마도 영향을 주었을지 모른다. 엄마는 신데렐라나 백설공주 같은 동화를 읽어주는 대신, 『지옥』이라는 그림책을 매일 밤 읽어주었다. 회 뜨기 지옥, 가마솥 지옥, 바늘 지옥 등 잔혹한 지옥의 모양새를 묘사한 그 그림책은 이모의 선물로, 아빠는 그 잔혹한 묘사에 난색을 표명했다지만 아기였던 자신은 몹시 좋아하여 그 그림책을 읽어주면 금방 잠에 빠졌다고 한다.

그 때문인지 지금도 자기 전에는 꼭 '무서운 이야기'가 필요하다. 사야카에게 '무서운 이야기'는 힐링 뮤직이나 다름없다. 무서우면 무서울수록 잠의 구멍에 쑥 빠진다. 그리고 쾌적한 아침을 맞이한다.

그런 사야카가 최근에 즐겨 찾는 곳은 인터넷의 '호러 게시판'
이었다. 365일, 익명의 불특정 다수가 차례차례 무서운 이야기를
올리므로 오컬트 애호가에게는 그야말로 최고의 읽을거리다. 다
만 내 시간 돌려내라고 욕을 퍼붓고 싶은 '쓰레기' 게시물도 많다.
그러나 때로는 생각만 해도 한 달은 깊은 잠에 빠질 만큼 뛰어난
이야기도 있다. 그렇듯 옥석이 혼재하는 점도 마음에 들었다. 쓰
레기장에서 보물찾기를 하는 심정이다.

하지만 요 일주일은 '호러 게시판'을 멀리 했다.

이사 준비와 그 뒤처리로 바빴기 때문이다.

사야카가 이사한 이유는 내세워서 설명해야 할 만큼 특별하지
않다. 전에 살던 연립주택의 계약이 끝났기 때문이다. 흔해빠진
일이다.

계약을 갱신하면 이사를 안 가도 된다. 그래도 갱신하지 않은
건 사야카가 '방랑자' 기질을 타고난 탓이다. 즉, '이사 귀신'이
붙었다. 아무리 조건이 좋고, 환경이 쾌적하고, 집이 더할 나위 없
이 이상적이더라도 2년이 지나면 몸이 근질거렸다.

"이사하고 싶다."

이건 합리적으로는 설명하기 힘든, DNA에 각인된 사야카의 체
질 문제다. 그 체질 때문에 남들보다 돈을 많이 쓴다는 것도 자각
하고 있다. 올해로 나이가 계란 한 판인데, 저금이 십삼만 엔밖에

없다니 너무 한심하다는 것도 잘 안다. 자신과 급여가 거의 똑같은 동료 A코 씨가 본인은 오백만 엔을 모았다고 요전에 말해주었다. 그걸 계약금 삼아 맨션을 살 계획이라고도. A코 씨는 어쩌면 사야카가 부러워하는 모습을 보고 싶어서 그런 소리를 했는지도 모르지만, 사야카는 부러워하지 않았다. 오히려 딱하기 짝이 없었다.

"집을 사면 더는 이사를 못 하잖아. 그럼 무슨 재미로 살아!"

요컨대 사야카에게 '이사'는 '무서운 이야기'와 마찬가지로 인생의 중요한 재미다. 이사 없는 인생은, 종신형을 언도받은 죄수나 마찬가지라고 진심으로 생각할 정도였다.

하지만 사실 '이사'에서 재미를 얻을 수 있는 건 집을 찾는 기간에 한정된다. 집이 결정되면 그때까지 두근대고 설레던 기분이 거짓말이었던 것처럼 일상에 매몰되고 만다. 뿐만 아니라 바쁜 이사 준비와 뒷정리가 오히려 고통으로 다가온다. 특히 이사 당일부터 며칠간은 완전히 녹초가 되어 가벼운 신경쇠약에 걸린다. 이런 귀찮은 일은 두 번 다시 하기 싫다. 이제 죽어도 이사 안 한다! 그렇게 마음에도 없는 생각에 빠진다.

바로 오늘 오전에 피로가 최고조에 달했다. 가을비가 내리는 탓인지 누가 강제로 덜 마른 셔츠를 입힌 듯 내내 기분 나쁜 눅눅함이 감돌았다.

그러다 오후에 드디어 업자가 와서 인터넷을 개통해주었다. 매번 그렇지만 이 시점에서 사야카도 겨우 마음의 안정을 되찾는다.

"아아, 새로운 생활이 시작되는구나!"

새삼스레 기분이 설렌다. 그리고 몸도 마음도 해방되는 것이다.

사야카는 창문을 활짝 열고 새로운 동네의 공기를 듬뿍 들이마셨다.

이 행복감!

내일도 회사를 쉰다. 연휴와 유급휴가를 합쳐서 여드레간 휴가를 얻었다. 첫 닷새를 이사 준비와 이사에 썼고, 엿새째는 뒷정리를 했다. 그리고 나머지 이틀은 피로를 풀고 막 시작된 새로운 생활을 만끽하는 데 쓸 예정이었다.

늘 그렇듯 뒷정리는 제시간에 끝내지 못했지만, 뭐 그건 제쳐두고 내일부터 이틀은 자유롭게 지내보자. 그러려면 일단 쾌적한 수면이 필요하다. 잠에 빠지려면 무엇보다 '무서운 이야기'가 최고다. 그래서 평소 즐겨 찾던 '호러 게시판'에 들어간 것이 두 시간 전. 오후 11시를 조금 지났을 무렵이었다.

금요일이었다.

그 때문인지 게시판은 사람들로 북적북적했다. 사야카와 똑같이 내일부터 이틀간 실컷 재충전하려는 사람들이 우글우글 모여든 것이리라. 저마다 비장의 무서운 이야기를 들고서.

하지만 아쉽게도 사야카는 남에게 들려줄 만한 공포를 체험한 적이 없다.

이렇게 '무서운 이야기'를 좋아하는데도, 자신에게는 그런 유의 일이 전혀 일어나지 않는 것이다. 그렇다고 콤플렉스를 품지는 않는다. 오히려 '무서운 이야기'는 체험하기보다 듣는 편이 몇 배나 재미있다는 걸 알고 있다.

그래, 듣는 게 제일이다. 무서운 이야기는.

*

"에이, 아직도 안 올라왔네."

'호러 게시판'에 들어갔지만, 그 게시글은 한 시간 전에 멈춘 상태 그대로였다.

사야카는 낙담해서 어깨를 축 늘어뜨렸다.

'왕 아웃사이더'라는 사람이 뜸을 들이며 글을 올리기 시작한 게 오후 11시 20분쯤이었던가. 마침 이제 그만 컴퓨터를 끄고 잘까 싶었을 때였다.

"겁나 무섭네. 음, 어쩔까? 방금 막 체험한 일인데."

그런 글이 갑자기 올라왔다.

어쩐지 몹시 흥분한 기색이라 사야카도 덩달아 흥분해 손가락이 멋대로 댓글을 달았다.

"야, 뭐야?"

다른 '불특정다수'도 자극을 받은 듯 몇 명이 비슷한 댓글을 일제히 달았다.

하지만 '왕 아웃사이더'는 좀처럼 핵심을 언급하지 않았다. 잔뜩 뜸을 들이다가 도중에 글을 딱 멈췄다. 오후 11시 50분경이었다.

그로부터 한 시간이 지났지만, 글은 올라오지 않았다.

"뭐야! 날랐나?"

그렇다. 이런 유의 게시판에서 먹튀는 으레 따르는 법이다. 아니, 먹튀가 태반이라고 해도 되리라. 그러니 이 같은 일상다반사에 답답해하고 짜증 내면 본인만 손해다. 그건 안다. ……하지만 마음이 뒤숭숭했다.

시계를 보자 새벽 1시가 다 되었다.

하지만 사야카의 눈은 대낮처럼 말똥말똥했다. 수마에게도 버려진 꼴이다.

어쩐지 억울했다. 오늘은 이사하면서 밀려든 피로를 벗 삼아 깊은 잠에 스르르 빠질 작정이었는데. 그리고 개운한 몸과 마음으로 내일 새집에 필요한 물건들을 사러 나갈 예정이었는데. 일단은 주방용품. 예전 집보다 조금 넓은 주방에는 분명 관엽식물이 잘 어울릴 것이다. 지금 유행하는 믹서기도 갖고 싶다. 잡지에서 본 모델처럼 매일 아침 과일과 채소로 특제 스무디를 만드는 게 목표다. 냄비도 필요하다. 줄곧 가지고 싶었던 르쿠르제 냄비. 이 기회에 칼도 마련하고 싶다.

이대로는 그런 계획이 모조리 파투 난다.

왕 아웃사이더 그 자식 때문에!

분에 못 이겨 사야카의 눈은 더욱 말똥말똥해졌다.

이제 잠이 올 것 같지 않았다.

이대로 잠자리에 들어도 분명 시간만 낭비할 뿐이다.

그렇다면 계속 깨어 있는 것도 한 가지 방법일지 모르겠다. 아무튼 내일(엄밀하게는 오늘이지만)은 일을 쉬고 다음 날도 휴일이다. 낮에 변덕스럽게 졸음이 몰려와도 아무 지장 없다. 졸음에 몸을 맡기고 잠들면 그만이다.

"이제 네 이야기는 읽기 싫어, 이 먹튀야."

마음을 정한 사야카는 비난 어린 댓글을 적고 일단 게시판에서 빠져나왔다.

사야카는 답답함과 짜증을 해소하고자 대형 검색사이트가 운영하는 지도 서비스에 들어갔다. '호러 게시판' 다음으로 사야카가 좋아하는 곳이다.

특히 마음에 드는 것이 마치 직접 돌아다니는 듯한 감각을 체험하게 해주는 '거리 뷰' 기능이다. 위에서 내려다보는 시점이 아니라 길을 걸어 다닐 때의 눈높이로 실제 장소를 체감시켜주는 기능이다. 더 간단히 말하자면 텔레비전 여행방송 등에서 흔히 보여주는 '거리 탐방'의 시점이다. 마치 자기 자신이 돌아다니는 듯한 기분으로 풍경을 즐길 수 있다. 게다가 텔레비전과 달리 언제 어디서든 자기가 가고 싶은 곳의 풍경을 즐길 수 있다. '방랑자' 기질을 타고난 사야카에게 이 기능만큼 유용한 것은 또 없다. 집에 있으면서 전 세계 어디로든 날아가서 거리를 걷는 기분에 젖을 수 있으니까.

이 집으로 정할 때도 일단 거리 뷰 기능으로 가장 가까운 역에서 집까지 걸어가보았다. 역에서 도보 10분. 부동산업체 광고지에는 그렇게 적혀 있었지만, 곧이들어서는 안 된다는 걸 지금까지 이사를 다니며 뼈저리게 배웠다. 장소에 따라서는 8분이 여덟 시간만큼 길게 느껴지는 절망적인 경우도 있기 때문이다. 처음에 살았던 집이 그랬다. 입학할 대학이 결정돼 당장이라도 자취를 시작해야 하는 상황에 처하는 바람에 실물도 보지 않고, 임대정보지에 실린 집 중 하나를 정해 전화를 걸었다. 계약을 마치고 현지에 가보니 윤락가 한복판에 위치한 지저분한 맨션이라, 역에서 걸어서 고작 5분 거리였지만 그 5분이 지옥처럼 느껴졌다. 『지옥』이라는 제목의 그림책은 좋아했지만, 실감 나는 지옥을 지나가야 한다면 이야기는 별개다. 성욕에 굶주린 아귀축생들이 배회하고, 단말마의 비명 같은 교성이 여기저기서 울려 퍼지고, 포주라는 이름의 도깨비들이 엄니를 드러낸 채 눈을 번쩍이는…… 그런 지옥은 평생 모른 채 살고 싶었다. 더불어 맨션에도 저속한 윤락업소가 몇 집 있어서 몇 번이나 윤락녀로 오해받았던가. 한시라도 빨리 달아나고 싶어서 아르바이트를 몇 개나 겸해가며 이사 비용을 모았다. 그 탓에 학점도 못 딸 뻔했지만, 머릿속은 유급 걱정보다 이사로

가득했다. 어쩌면 그때의 트라우마도 이사 귀신이 붙는 데 뭔가 영향을 주었을지도 모르겠다. 다음에는 신중에 신중을 기해 교통편도 좋고 환경도 최고인 한적한 주택지에 집을 얻었지만, 반년도 지나기 전에 '이사'로 머릿속이 가득 찼다. 강박관념처럼 빨리 다음 집으로 옮겨야 한다는 생각이 머리를 떠나지 않았다.

하지만.

사야카는 왠지 두근대는 기분으로 마우스를 잡았다.

이 집이라면 늘 자신을 들쑤시는 이사 귀신도 당분간 고개를 쳐들지 않을 듯하다.

이 집은 지금까지 살아온 곳 중에서 최고 등급, 이상적인 스펙이니까.

살고 싶은 곳 순위에서 항상 상위권에 드는 지역이고, 역에서 도보로 10분 거리라는 홍보도 거짓말이 아니었으며, 길에 늘어선 세련된 카페와 잡화점에 눈길을 빼앗긴 채 걷다 보면 어느덧 맨션에 도착한다. 부동산업체는 "역에서 좀 걸어야 합니다만" 하고 겸손을 떨었지만, 이곳이라면 좀 더 걸어도 고생스럽게 느껴지지 않을 것이다. 집도 지은 지 4년밖에 안 된 40제곱미터 크기의 1LDK. 이 부근 시세로 따지면 한 달에 집세가 십만 엔 가까이 하는 물건이지만, 밑져야 본전이라는 마음으로 교섭해보자 팔만 엔으로 깎아주었다. 게다가 보증금과 사례금(집을 빌릴 때 사례를 한다는 명목으로 집주인에게 지불하는 돈. 보통 집세 한두 달치다—옮긴이)도 없다. 이건 정말 행운이었다. 굳은 돈으로 북유럽의 모던 가구라도 살까? 그런 생각을 하며 거리 뷰 기능을 켜고 일단 제일 가까운 역의 풍경을 띄웠다.

어라?

부슬부슬 비가 내리는 풍경이었다. 색색의 우산도 여기저기 보였다.

응?

우산 같은 게 찍혀 있었던가?

전에 봤을 때와는 어쩐지 분위기가 다른 것 같았다. 그때는 좀 더 뭐랄까, ……화창하니 맑은 이미지였는데.

업데이트된 걸까? ……맞아, 분명 그럴 거야.

사야카는 마우스를 고쳐 잡았다.

마우스의 움직임에 맞추어 풍경이 점점 나아간다. 이대로 길을 쭉 직진하면 이 집이 있는 맨션 입구가 보인다. 하지만 그래서는 의미가 없다. 역시 거리 뷰의 묘미는 평소 시도할 엄두가 안 나는 '돌아서 가기' 또는 '모험'이다. 평소는 시간의 제약도 있어 가장 짧은 경로를 택하는 수밖에 없지만, 그래서는 너무 따분하지 않은가. 역과 집만 왔다 갔다 하며 10년 넘게 한 동네에 살았다는 동료가 거주하는 지역의 지도를 살펴보자 매력적인 공원, 박물관, 역사 유적 등이 군데군데 있었다. 하지만 그녀는 그런 줄 전혀 몰랐다는 것이다. 이만큼 '아까운' 일이 어디 있을까.

이사 귀신이 붙기는 했지만 사야카는 일단 보금자리를 튼 이상, 동네를 최대한 즐기자는 마음가짐이 있었다. ……거리 뷰를 통해서이지만. 그래도 전혀 모르는 것보다는 몇 배 낫다.

역에서 50미터쯤 나아가자 잡화점이 보였다. 쇼윈도에 핸드메이드 느낌이 물씬 풍기는 나무조각 장식품을 진열해놓았다. 뭐야? 도마뱀? 박쥐? ……파충류는 질색인데. ……아아, 하지만 저건 좀 귀엽다. 박쥐는 집을 지키는 수호신이라는 말도 들어봤고. 살까? 아, 하지만.

……이제 없을지도 모른다. 이건 최근에 촬영한 풍경이 아니니까. 그럼…… 언제 촬영했을까? 사야카는 마우스를 상하좌우로 움직여 거리를 360도 빙 둘러보았다.

그건 그렇고 날씨가 구질구질하다. 하늘도 저렇게나 어두침침하고. 드디어 본격적으로 비가 뿌리려는 걸까?

어? 잡화점 옆으로 꺾이는 길이 있다. 몰랐네. 어디로 이어지는 거지? 가볼까.

아, 예쁜 가게가 가득하잖아! 짝퉁 하라주쿠 같은 느낌? 액세서리 가게, 헌옷 가게, 꽃집, 빵집, 허브 전문점까지!

엥? 또 길이 꺾인다. 좋아, 가보자.

……이야, 멋진 셀렉트 숍! 엄청 끝내주잖아! 쇼윈도에 진열된 이 원피스, 아직 있으려나?

아, 길이 갈라진다. 어느 쪽으로 갈까? 오른쪽? 왼쪽? 좋아, 왼쪽!

……이렇게 마음 내키는 대로 거리를 여기저기 돌아다니길 30분.

어? 이 맨션.

정면에 낯익은 맨션이 보였다. 7층짜리 벽돌건물.

우리 맨션이네!

아무래도 동네를 빙빙 돌다가 맨션에 다다른 모양이다. 오, 우리 맨션도 이렇게 보니까 어쩐지 파리의 아파르트망 같잖아? 응, 제법 괜찮아 보여. 역시 여기가 100점 만점. 여기로 하길 잘했어. 여기라면 이사 귀신과도 작별할 수 있을지 모르겠네.

응? 저 사람. 입구 앞에 있는 작업복 차림의 아저씨. ……아아, 맨션 관리인이다. 음, 이름이 뭐랬더라? 뭔가 색깔이 들어가는 이름이었던 것 같은데. 빨강, 검정, 하양, 보라, 파랑? 아, 아오시마 씨다(일본어로 아오靑는 푸르다는 뜻—옮긴이).

집을 볼 때랑 이사 당일, 그리고 어제 이야기해봤는데, 저 사람 왠지 거북했어.

구체적으로 콕 집어 말할 수는 없지만, 아무튼 저런 유의 아저씨는 생리적으로 불쾌해. 특히 불쾌한 게 코털. 숨 쉴 때마다 살랑살랑 흔들리는 꼴이 우스꽝스러운 걸 넘어서 어쩐지 역겹다니까. 그리고 푸르스름한 면도 자국도 좀 그래. 목 언저리까지 면도한 자국이 있었으니 분명 온몸에 털이 북슬북슬하지 않을까. ……아아, 상상만 해도 소름 끼친다. 하지만 거북해도 미움받지 않도록

해야지. 관리인이랑 사이가 안 좋으면 여러모로 불편하다는 걸 지금까지 이사를 다니면서 충분하다 못해 넘치도록 학습했거든.

어?

아오시마 씨가 뭔가 들고 있네. 뭘까? 손수건? 아아, 맞다. 저거 분명 랄프 로렌의 손수건이야. 백화점에서 봤어. 와, 저 사람 겉보기와 달리 명품을 좋아하나? 게다가 저거, 여성용 손수건 아닌가—

앗?

오른발에 뭔가 닿았어.

으아, 뭐지?

혹시 바퀴벌레?

지난번 집에 살 때 바퀴벌레한테 몹시 시달렸다. 이사를 결심한 것도 실은 '바퀴벌레'가 가장 큰 원인이었다. 그것만 아니었다면 반드시 계약을 갱신했을 텐데.

설마 이 집에도?

…….

사야카는 심호흡을 하고 머뭇머뭇 오른발을 들여다보았다. …… 뭐지? 뭔가 있다? 뭐지?

헉!

발에 검은 끈 같은 뭔가가 얽혀 있었다.

헉!

거의 반사적으로 사야카는 오른발을 확 끌어당겼다. 살짝 걸리는 듯한 느낌과 함께 컴퓨터 화면이 꺼졌다.

어?

사야카는 다시 심호흡을 하고 오른발을 자세히 확인해보았다.

이런…….

온몸에서 힘이 빠졌다.

발에 얽혀 있던 것은 컴퓨터 전원코드였다. 발을 힘껏 끌어당긴 탓에 콘센트에서 빠진 모양이다.

아이, 참!

어쩐지 요즘 시력이 떨어진 것 같다. 슬슬 안경이 필요하려나? 설마 벌써 노안이 온 건가? 아아, 싫다. 싫어. 안경은 절대로 쓰기 싫은데.

사야카는 투덜거리며 전원코드를 콘센트에 다시 꽂았다.

엇? 지금 뭔가 움직인 것 같은? 검은 끈 같은 형체가 시야 가장자리를 가로지른 것 같은데.

……아니야, 아니야. 사야카는 고개를 내저었다. ……그래, 이건 시력 문제야.

마음을 추스르고 컴퓨터를 다시 켜자 메인화면으로 설정해둔 '호러 게시판'이 제일 먼저 떴다.

자, 이제 '왕 아웃사이더'의 다음 글이 올라왔을까? M시의 지역 미팅이 어쩌고저쩌고하는.

……에이, 아직이잖아. 진짜 너무하네!

하지만 새로운 글이 올라와 있었다. 사야카는 자세를 바로하고 두근거리는 마음으로 글을 읽어나갔다.

*

【영업맨: 2014/11/29(토) 02:12:16】

신주쿠에 있는 고층빌딩에서 일하는데, 요즘 회사에 묘한 소문이 돌고 있거든. 아주 그럴싸해서 이야기해볼까 해.

【불특정다수: 2014/11/29(토) 02:13:03】

오, 기다리고 있었어.

【불특정다수: 2014/11/29(토) 02:13:03】

빨리, 빨리.

【불특정다수: 2014/11/29(토) 02:13:04】

완전 기대 중.

【영업맨: 2014/11/29(토) 02:14:03】

우리 회사는 비교적 최근에 지어진 고층빌딩이라 엘리베이터도 최신식이야. 엘리베이터 내부를 모니터로 확인할 수 있지.

【불특정다수: 2014/11/29(토) 02:14:59】

보통 그렇지 않나? CCTV 말이잖아?

【영업맨: 2014/11/29(토) 02:16:18】

응, CCTV이긴 한데, 엘리베이터를 기다리는 사람이 확인할 수 있는 시스템이야.

【불특정다수: 2014/11/29(토) 02:17:00】

엘리베이터 옆에 모니터가 달려 있는 그거? 우리 맨션도 그래. 사람이 얼마나 탔는지 확인할 수 있어서 편리하더라.

【영업맨: 2014/11/29(토) 02:19:08】

응, 여러모로 편리해. 불편한 상사가 타고 있는지도 미리 확인이 가능하고.^^ 마음의 대비를 할 수 있지. 그리고 가십거리가 될 만한 장면도 눈에 띄곤 해.

【불특정다수: 2014/11/29(토) 02:19:52】

예를 들면?

【영업맨: 2014/11/29(토) 02:24:05】

일전에 모니터에 비치는 줄도 모르고 브래지어 끈을 고치던 여자가 있었어. 취업용 정장을 입고 있었으니 아마 회사 방문이나 면접 아니었을까. 아무튼 엘리베이터에 자기밖에 없어서 방심한 거겠지. 브래지어뿐이었으면 그나마 다행이었을 텐데, 갑자기 스커트를 들추더니 스타킹도 다듬더라고. 게다가 속바지에 손을 넣어서 낑낑대며 긴 곳을 빼질 않나. 보고 있는 내가 얼굴이 다 화끈거렸어. 엘리베이터가 도착하자 여자는 새침한 표정으로 내렸지만, 웃긴 걸 넘어서 딱하더라고. 같이 있던 사람들과 묘한 쓴웃음을 나눴지.

【불특정다수: 2014/11/29(토) 02:25:54】

그 여자, 그런 추태를 보인 걸 알면 채용되더라도 지옥이겠네.

【영업맨: 2014/11/29(토) 02:27:00】

아무튼 본론으로 들어갈게. 일주일쯤 전이었나, 여사원들이 탕비실에서 꺄, 와, 하고 수선을 떨고 있더라고. 무슨 일인지 궁금해서 왜 그러냐고 물어봤지.

【불특정다수: 2014/11/29(토) 02:27:56】

여자들 무리에 잘도 끼어드는구나. 난 무리야. 절대 무리.

【영업맨: 2014/11/29(토) 03:04:15】

난 그런 거 비교적 아무렇지도 않거든. 가족 중에 여자가 많아서 그런지 여자들 대화도 잘 따라가고. ……어쨌든 왜 그러냐고 물어봤더니 귀신이 나왔다는 거야. 비서실 여직원이 휴일에 출근했는데 여러모로 차질이 생겨서 반나절이면 끝낼 일을 오후 6시 지나서야 겨우 끝냈대. 창밖은 이미 어두웠지. 갑자기 마음이 급해져서 불을 끄고 문단속을 한 후 서둘러 사무실을 나섰다는 거야.

그리고 엘리베이터까지 왔다. 참고로 비서실은 꼭대기 층인 33층이야. 휴일이라 엘리베이터는 한 대만 운행됐고.

▽버튼을 누르고 딱히 할 일도 없어서 멍하니 엘리베이터 옆 창문을 바라보고 있었다. 땅거미가 지는 가운데 육교만 묘하게 선명하게 보였지. 아아, 그러고 보니 올봄에 저 육교에서…… 하고 생각하고 있는데 말로는 다 표현 못 할 오한이 몰려와 시선을 엘

리베이터 홀로 돌리자 이번에는 밝게 빛나는 모니터 화면이 눈에 들어왔어. 엘리베이터 안을 보여주는 그 모니터 말이야.

어?

누가 엘리베이터를 타고 있었어. 무슨 상자를 끌어안은 여자야. 휴일인데 이 사람도 출근한 걸까? 몇 층 사람이지? 적어도 자기 층 사람은 아니야. 꼭대기 층에는 비서실을 포함해 전부 종합직(관리직 또는 장래 관리직이 될 것이라 기대되는 간부 후보 정사원—옮긴이) 사원이라 기본적으로 유니폼이 없어. 하지만 엘리베이터에 탄 여자는 유니폼을 입고 있었지. 일반직 사원이라는 증거야. 그나저나 휴일 출근인데도 유니폼을 입다니 아주 모범사원이야. 어느 부서 사람일까?

10, 11, 12, 13…… 22, 23, 24…….

층수 표시가 차례대로 바뀌었지. 하지만 여자는 내리지 않았어.

25, 26, 27…….

점점 꼭대기 층에 가까워졌어. 혹시 여자의 목적지는 꼭대기 층? 하지만 꼭대기 층에는 자기 말고 아무도 없지. 아니면 짐만 놓아두고 가려고 그러나?

30, 31, 32…….

마침내 한 층 남았어.

그런데도 여자는 엘리베이터에서 내리지 않았지. 여사원은 어쩐지 멋쩍은 기분이 들었대. 그녀는 평소 복장도 헤어스타일도

'프로페셔널'한 비서 룩을 고집했거든. 비서실 소속인 이상, 복장이야말로 생명이라고 상사와 선배가 철저히 주입한 탓이야. 하지만 지금 모습은 가로 줄무늬 티셔츠와 청바지에 표범 무늬 블루종이야. 특히 가로 줄무늬는 '인기 없는 여자의 상징'이라며 비서실 사람들이 무시하는 무늬지. 자기도 평소는 그렇게 말하며 무시했어. 하지만 개인적으로는 좋아하는 무늬라 동네에서는 늘 줄무늬만 입고 다녀. 그날도 급히 나오느라 그만 평상복을 입었지. 설마 다른 사원과 마주칠 줄은 몰랐으니까. ……이런, 어쩌지, 방심했어. 일반직 여사원에게만은 줄무늬 티셔츠를 보여주고 싶지 않은데, 어쩌지…… 하고 동요해서 허둥댔지만, 마침내 엘리베이터 층수 표시가 33으로 바뀌었지. 궁지에 몰린 그녀는 어디에 숨을까, 블루종으로 줄무늬 티셔츠를 가릴까 망설이다 너무 절박한 탓이었는지 동시에 둘 다 시도했대. 블루종을 머리에 뒤집어쓰고 제자리에 웅크리고 앉았던 거야.

제삼자의 입장에서 보면 아주 우스꽝스러운 모습이었겠지. 그녀도 앉으면서 그 사실을 자각했는지, 차라리 몸이 안 좋은 척 이대로 쓰러질까 고민하는 동안 엘리베이터가 도착해 '띵' 하는 익숙한 소리와 함께 문이 천천히 열렸어.

이렇게 된 이상 얼굴에 철판을 까는 수밖에 없다 싶어 그녀는 머뭇머뭇 시선을 들었어.

그런데 이게 웬일이람.

엘리베이터가 아무도 없이 텅 비어 있었다는 거야!

【불특정다수: 2014/11/29(토) 03:06:15】

어? 그럼 모니터에 비친 여자는…….

【영업맨: 2014/11/29(토) 03:08:36】

응, 아마도.

실은 올봄에, ……사내에서 이사를 한 다음 날, 한 여사원이 육교에서 떨어져 죽었어. 그 사람은 죽기 전에 개인용품이 든 골판지상자를 몹시 찾고 있었대. 그래서 어쩌면 성불하지 못한 그 여사원의 영혼이 아직 회사를 떠돌고 있는 게 아니냐던데.

【불특정다수: 2014/11/29(토) 03:09:45】

소름 돋았음. 엘리베이터 모니터 무섭네. 이제 못 보겠다.

【영업맨: 2014/11/29(토) 03:11:34】

실은 나, 회사에 있어. 야근하다 보니 벌써 시간이 이렇게 됐네. 슬슬 집에 가야 할 텐데. 실은 엘리베이터가 무서워서 자리에서 못 일어나겠더라고.

【불특정다수: 2014/11/29(토) 03:12:20】

이왕 이렇게 됐으니 귀신이 나오는 엘리베이터를 생중계해주라.

【영업맨: 2014/11/29(토) 03:14:19】

그런 소리 하지 마. 진짜 무섭단 말이야. 어, 웬 골판지상자가 발치에? 와, 오줌 지리겠네. 맹세하는데 아까 전까지만 해도 이런 거 절대 없었어.

【불특정다수: 2014/11/29(토) 03:15:11】

어떤 상자인데?

【영업맨: 2014/11/29(토) 03:18:09】

올봄 사내 이사 때 사용한 상자. ……그것도 분명 행방불명됐던 내 상자일 거야.

내용물은 잡동사니. 뭐, 말하자면 쓰레기를 그대로 포장했으니까 딱히 찾던 건 아니고. 없어지면 없어지는 대로 상관없다는 기분이었지. 하지만 이사 직후에 어떤 여사원한테 "상자가 안 왔잖아, 멍청아, 나가 죽어라" 하고 욕설을 퍼부었어.

【불특정다수: 2014/11/29(토) 03:19:05】

순 악질이네.

【영업맨: 2014/11/29(토) 03:20:36】

그 여사원이 바로 육교에서 떨어져 죽었다는 그 사람이야. ……혹시 그 사람이?

아, 지금 '띵' 하는 소리가 들렸어. 이거 엘리베이터의—

*

띵.

사야카는 어깨를 움찔했다.

지금 분명히 '띵'이라고…….

아니, 분명 잘못 들은 거다. 아니면 우리 맨션의 엘리베이터 소리겠지. 이런 시간에는 평소 들리지 않는 다양한 소리가 또렷하게 들리는 법이다. 무엇보다 자신에게 영능력은 전혀 없다. 지금까지 그렇듯 신비한 일은 단 한 번도 경험해본 적 없다. 그러니 분명 죽을 때까지 그런 경험은 못 해볼 것이다.

그래. 무서운 이야기는 듣는 게 제일이다.

직접 체험하는 건 사양이다.

그건 그렇고. '왕 아웃사이더'의 글은 여전히 올라오지 않았다.

역시 먹튀였네.

먹튀에게 기대를 버리지 못하고 이런 시간까지 깨어 있는 자신이 몹시 한심했다. 일단 밤샘을 각오했지만, 어디의 누군지도 모르는 '왕 아웃사이더' 때문에 소중한 수면 시간을 내버리는 게 아주 바보처럼 느껴졌다.

역시 그만 잘까?

그러니까, 눈이 말똥말똥해져서 잠이 안 안다고!

아아, 진짜!

자포자기한 사야카는 즐겨찾기에 등록해둔 사이트에 차례차례 들어가보았다. 잠과 각성 사이에서 짜증을 부린들 스트레스만 쌓일 따름이다. 그럴 바에야 평소 삼가던 인터넷 서핑을 마음껏 즐기는 편이 낫다.

익명 게시판, 동영상 사이트, 인터넷쇼핑몰, 연예인 블로그……
그러다 어느덧 지도 사이트에 들어갔다. 역시 이 거리 뷰가 제일
재미있다. 이렇게 된 이상, 아침까지 전 세계를 돌아다니자!

그렇게 마음먹고 거리 뷰 기능을 켠 순간, 방금 전의 방문 정보
가 남아 있었는지 느닷없이 이 맨션의 입구가 나타났다. 손수건을
든 관리인 아오시마 씨가 보였다.

응?

아까는 몰랐는데, 다른 손에도 뭔가 들고 있었다.

뭘까?

그 부분을 확대하려고 마우스를 클릭했을 때였다.

화면이 껌껌해졌다. 또 전원코드가 뽑혔나 싶어 시선을 콘센트
로 옮기려는 순간 화면이 정상으로 되돌아왔다.

어?

화면에 맨션 입구 안쪽이 표시됐다. 우편함과 보안설비, 그리고
자동문이 보였다.

거리 뷰 기능으로 건물 안에도 들어갈 수 있던가? ……몰랐다.
하지만 이 맨션에는 자동잠금장치 시스템이 설치되어 있다. 보안
설비에 키를 꽂든지 비밀번호를 입력해야 자동문이 열린다. ……
어디, 하고 마우스를 움직이자 자동문은 어이없게도 열렸다.

으아, 이게 되네?

아니, 분명 관리인의 양해 아래 미리 자동잠금장치를 해제해

둔 것이리라. 그건 그렇고 안쪽까지 촬영하다니 보는 사람 입장에서는 편리하겠지만, 거주하는 사람 입장에서는 사생활 침해 아닐까? ……아무리 그래도 공개된 건 공용공간까지겠지?

그렇게 의심쩍어하며 엘리베이터 홀까지 나아가보았다. 설마하니 엘리베이터는 열리지 않으리라 생각하며 무의식중에 마우스를 딸칵딸칵 클릭하자 화면이 또 껌껌해졌다. 깜짝 놀라 어리둥절해하는 사이에 현관문이 줄지은 복도가 화면에 표시됐다. 엘리베이터 문이 열렸을 때 보이는 광경이었다. 벽에 '2'라는 글씨가 적힌 걸로 봐서 2층인 모양이다. 혹시 마우스를 클릭한 횟수에 맞춰서 올라가는 시스템? 그럼 우리 집이 있는 7층에도 갈 수가 있나? ……시험 삼아 일곱 번 클릭해보았다.

역시나 한순간 화면이 껌껌해진 후 7층 풍경이 표시됐다.

앗?

문이 열려 있다.

제일 안쪽 집.

뭐야, 이거 우리 집이잖아! 설마 들어갈 수 있는 건가?

설마가 적중했다.

하지만 집은 빈껍데기 상태였다. 사람이 사는 낌새는 없었다. 예전에 살던 사람이 이사 가고, 아직 다른 사람이 빌리기 전에 촬영한 것이리라. ……그야 그렇겠지. 사람이 사는 집까지 촬영했다가는 그야말로 사생활 침해다. 그래도 좀 기분이 나쁘다. 지금은 내가 살고 있으니까. 온 세상 사람들이 내 집을 들여다볼 수 있다니 어쩐지 마음이 찜찜했다.

어라?

현관 앞에 뭔가 떨어져 있었다. 뭘까 싶어 클릭한 순간 또 화면이 껌껌해졌다. 아무래도 클릭하면 다른 장면으로 바뀌는 방식인가 보다.

다음으로 표시된 건 바깥 복도의 벽이었다. 아무래도 현관문 옆인 모양이다. ……이거, 그냥 평범한 벽이 아니다. 벽과 똑같은 색깔이라 알아보기 힘들지만 이건 '문'이다. 왜냐하면 왼쪽에 '손잡이' 같은 게 달려 있으니까. ……아아, 그래. 이건 비상문이야. '손잡이'를 당겨서 열면 철문이 나타나는 구조겠지. 그리고 철문을 열면 작은 방이 나오고, 바닥에 있는 '뚜껑'을 열면 대피 사다리가 아래층으로 주르륵 떨어지는…… 그게 틀림없다. 예전에 살던 맨션에 바로 그런 비상구가 있었다. 소방용 설비 점검 때 점검 작업원이 귀에 못이 박히도록 알려주었다.

어?

비상문 틈새로 뭔가가 보였다.

끈? ……검은 끈? 그렇다. 거무스름한 끈 같은 것이 틈새로 비어져 나와 있었다. 뭔가, 굉장히 암시를 주는 느낌이었다. 영능력은 하나도 없지만, 어쩐지 마음에 걸렸다.

너무 신경이 쓰였다.

확대는 안 되나?

클릭하자마자 또 화면이 껌껌해진 후에 맨션 바깥으로 시점이 이동됐다.

궁금한 게 있으면 확인해야 직성이 풀리는 성격이다. 그 '검은 끈'의 정체가 궁금해 다시 맨션 안으로 들어가려고 이래저래 시도해보았지만, 생각대로 안 됐다.

역시, 원래는 건물 안에 못 들어가는 것이다. 게임으로 말하자면 비밀 기능과도 비슷하니, 어떻게 잘 조작해서…… 예를 들어 클릭하는 타이밍으로 암호를 풀어서 안에 들어가는 방식이었으리라. 아니면 역시 주문呪文이라도 외워야 하는 걸까? 그런 걸 외운 기억은 없지만, 아무튼 아까 전에는 우연히 들어갔던 모양이다.

그러자 더욱 궁금해졌다.

그 검은 끈은 뭘까?

이미 오전 4시가 다 되었다. 이미 잠은 다 날아갔다. 그렇지만 인터넷 서핑도 이제 질렸다. '왕 아웃사이더'가 다음 글을 올릴 낌새도 없고.

……그 검은 끈은 뭘까?

잇새에 끼어 좀처럼 빠지지 않는 음식물 찌꺼기처럼 자꾸 신경이 쓰였다.

……그 검은 끈은 뭘까?

사야카의 머릿속은 그 생각으로 가득했다. 원래부터 사소한 일을 마음에 잘 담아두고 오래 곱씹는 성격이다.

그렇다고 그걸 일부러 확인하러 가기는 망설여졌다. 시간도 시간이거니와 그 사진은 훨씬 예전에 찍힌 것이다. 그 끈도 이제는 없으리라.

그래, 맞아. 이제 없을 거야.

그럼. 이제 없고말고.

…….

사야카는 기세를 붙여 의자에서 벌떡 일어났다.

짐이라도 정리할까.

어제 이사 뒷정리를 거의 끝냈지만, 그래도 열지 않은 골판지상자가 아직 몇 개 남아 있었다.

내일(엄밀하게는 오늘) 오후에 이사업자가 골판지상자를 회수하러 올 예정이다. 그 전에 상자를 전부 비워서 접어놓고 싶었다.

……아, 그러고 보니 바깥 복도에도 골판지상자를 몇 개 놔뒀다. ……그럼 일단 그걸 먼저 해치울까.

이러쿵저러쿵 핑계를 대보았지만, 결국은 그걸 확인하고 싶어 안달이 난 것이다. 사야카는 그런 자신이 왠지 우스웠다.

바깥 복도, 현관문 옆.

벽과 같은 색깔이지만 자세히 보자 '문틀'이 눈에 들어왔다. 그리고 왼쪽에는 손잡이. 역시 비상문이다.

하지만 그건 보이지 않았다.

틈새로 비어져 나온 검은 끈 같은 물건.

봐, 없다니까.

"겟 업, 겟 업, 겟 업⋯⋯."

어?

뭐야? 지금 노랫소리가 들리지 않았나? 나카모리 아키나의 노래. 음, 제목이 뭐였더라?

"겟 업, 겟 업, 겟 업⋯⋯."

으으, 이런 시간에 대체 누가 노래를 부르는 거야? 아직 새벽 4시밖에 안 됐다고.

앗?

시선을 조금 옮겼을 때였다. 아주 잠깐이었지만 검은 뭔가가 시야 가장자리에 들어온 기분이 들었다.

시선을 비상문 쪽으로 되돌렸다.

어?

검은 끈. ⋯⋯검은 끈이 '문틀' 위쪽 틈새에서 쑥 뻗어 나와 있었다.

뭐야. 방금 전에는 없었는데? 아니면 미처 못 봤나? 그럴지도 모르지. 조명이 이렇게 흐릿한걸. 처음에는 눈이 미처 어둠에 익숙해지지 않아서 못 본 거야. 그리고 이제 익숙해져서 눈에 들어온 거지.

어라?

끈이 하나가 아니네. ……두 개? '문틀' 오른쪽 틈새에서도 비어져 나왔어.

뭐야? 대체 뭐냐고?

시선을 모았지만 그 자리에서는 어렴풋하게 보일 뿐이었다. 아아, 진짜, 큰일이네. 역시 시력이 떨어졌어.

사야카는 한 발짝 다가섰다.

아직도 흐릿하다.

다시 한 발짝 더.

……응? 세 개로 늘어났네. 저기, '문틀' 왼쪽 아래.

어, 아니다. 역시 두 개다.

사야카는 흐려진 창문을 와이퍼로 닦듯 손으로 눈을 비볐다. 그리고 한 발짝 더 다가섰다.

그래도 검은 끈 같은 뭔가의 정체를 잘 알 수가 없었다. '문틀' 틈새로 비어져 나온 건 확실한데.

그러자 더더욱 궁금해졌다.

머리보다 먼저 손이 반응해 손잡이를 잡았다. 옆으로 당겼지만 옴짝달싹도 하지 않았다. 밀어도 결과는 마찬가지였다.

어? 이거 문 아닌가? 명색만 비상문?

손잡이에서 손을 떼려고 한 순간 희미하게 빈틈이 보였다.

"아, 당기는 거구나."

아니나 다를까 손잡이를 앞으로 당기자 문은 간단히 열렸다.

나타난 것은 ……새카만 문이었다.

검은색 가운데 뭔가가 보였다. 빨간 글씨. '비상구'라고 적힌 것처럼도 보인다. 하지만 어찌된 영문인지 빨간 글씨가 흔들흔들 움직여서 종잡을 수가 없었다. 이렇게까지 시력이 떨어졌나. 아니야, 분명 잠이 부족한 탓일 거야. 안약을 넣으면 나아지겠지……하고 사야카는 코가 닿을 만큼 문에 얼굴을 바싹 가져다 댔다.

*

【신입 관리인: 2014/11/29(토) 23:42:43】

오늘은 골 때리는 하루였어.

정말 끔찍했다니까.

난 도내의 한 맨션에서 관리인으로 일해. 오늘 아침 맨션에서 여자 시체가 발견됐지. 이사 온 지 얼마 안 된 사람인데, 어찌된 일인지 7층 바깥 복도 비상문 앞에서 죽었더라고.

사인은 심장발작이라나 봐.

실은 예전부터 이상한 소문이 돌았어. 7층에서 이상한 노랫소리가 들린다는 거야. "겟 업, 겟 업, 겟 업" 하는 노랫소리. 처음에는 입주자가 부르는 노래겠거니 하고 신경도 안 썼지만, 7층에서 귀신을 봤다는 사람까지 나타났다니까. ……그 때문인지 7층 안쪽 집이 좀처럼 안 나갔어. 뭐, 집을 보러 오는 사람은 제법 많았지만 어쩐지 찜찜한 느낌이 든다는 이유로 결국 계약까지는 가지 못했지. 하지만 드디어 최근에 여자가 이사 왔어. 영능력은 전무해 보이는 사람이었으니까 이번에야말로 괜찮겠거니…… 마음을 놓자마자 그 사람이 오늘 아침에 시체로 발견된 거야. 비상문 앞에서. 왜 그런 데서 죽은 걸까, 그것도 심장발작으로.

내가 아침 6시 반쯤에 발견했는데, 공포에 일그러진 표정으로 죽었더라고.

아마 그게 원인 아닐까 싶어.

돈벌레.

원래는 은색 철문인 비상문이 새카맣게 보일 정도로 돈벌레가 우글우글하더라고. 평소는 벽과 똑같은 색깔의 문으로 가려져 있어서 지금까지 몰랐지만. ……설마 비상문이 돈벌레에게 점령당했을 줄이야.

나도 그걸 봤을 때는 다리가 풀렸어. 진짜 심장이 멎는 줄 알았다니까.

뭐, 나야 멎는 지경까지는 이르지 않았지만. 그 여자는 진짜로 멎어버렸지. 불쌍해라.

정말 오늘은 고된 하루였어. 경찰을 부르고, 사정을 이야기하고, 업자에게 연락해 돈벌레 퇴치도 의뢰하고.

하지만 마음에 걸리는 점이 아직 하나 있어.

비상문 안쪽에서 "겟 업, 겟 업, 겟 업" 하고 노랫소리가 들린 것 같단 말이지.

그건 대체 뭐였을까.

혹시 비상문 안쪽에 누가 있는 거 아닐까.

거기 귀신의 정체를 풀 실마리가 있는 거 아닐까.

……역시 무당을 불러 굿을 하는 편이 좋으려나?

선배 아오시마 씨는 그럴 필요 없다고 했지만.

작품 해설

"뭐랄까, 이사도 일종의 무서운 체험 중 하나 아닐까요?"

신주쿠에 있는 한 호텔의 라운지에서 차를 마시고 있을 때 그런 이야기가 나왔다.

이야기 상대는 K카와쇼텐의 여성 편집자 A씨. 처음 만나는 사이라 인사도 할 겸 가볍게 차나 한잔하려고 했는데, 이야기에 탄력이 붙어 나는 어느새 커피를 세 잔이나 더 시켰다.

어쩌다 '이사' 이야기가 나왔는지는 기억나지 않는다. 아니, 아마도 내가 근황을 툭 꺼내놓은 것이 계기였으리라.

그때 나는 이사한 집에서 약간의 말썽에 휘말린 상태였다. 아무래도 신경이 예민한 편이다 보니, 그 말썽 때문에 불면증에 걸렸다고 여기저기 불평도 늘어놓았다. 그러니까 그때도 무심코 불평한 것이리라. 앞으로 일을 같이 할 사람, 그것도 여자와 처음 만난 자리에서. 최대한 사적인 이야기는 피하자고 미리 다짐하고 왔건만 허사였다.

하지만 덕분에 이야기꽃이 활짝 피었다.

A씨의 체험담까지 들을 수 있었다.

A씨도 반년 전에 결혼을 계기로 이사했다고 한다. 하지만 이사를 마치고 긴장을 풀자 문득 뭔가가 눈에 들어왔다.

'구멍'이었다. 벽에 뚫린 구멍. 압정 또는 작은 못을 박은 자국일까, 아무튼 개미구멍만 한 크기의 구멍이 뚫려 있다는 걸 알아차렸다. 게다가 한두 개가 아니었다. 주의 깊게 살펴보자 벽 여기저기에 구멍이 많았다.

예전에 살던 사람이 포스터라도 붙인 걸까? 그렇다 쳐도 많았다. 남편은 "다트라도 한 거 아닐까" 하고 말했다. 그렇다면 더욱 질이 안 좋다. 아무튼 원상태로 복구하지 않고 인도한 집주인의 과실이다. 그대로 놔뒀다간 자신들 탓으로 몰려 퇴거할 때 막대한 수선비를 뜯길 가능성도 있겠다 싶어 A씨는 부동산업체를 통해 집주인에게 문의했다. 집주인에게 '현황확인용지에 그 취지를 적어서 보내라'는 답변이 왔지만, 구멍 수선에 대해서는 일언반구도 없었다. 자신들 탓으로 몰리는 최악의 상황은 면했지만, 구멍 자체는 방치됐다.

"그래서 어떻게 하셨어요, 그 구멍은?"

내 물음에 A씨는 다음과 같이 대답했다.

"충전재로 메워볼까도 했는데, 아마추어가 섣불리 수선했다가 오히려 악화될 수도 있을 것 같아서, 남편과 상의해 결국 벽 스티커로 구멍을 가렸어요.

요즘은 벽 스티커라는 것이 있다. 이름 그대로 벽에 붙이는 스티커인데, 식물, 동물, 무늬, 캐릭터 등 형태가 다종다양해 젊은 사람들에게 큰 인기라고 한다. 자유로이 꾸밀 수 있고, 벽에 흠집이나 접착제를 남기지 않고 쉽게 떼어낼 수 있다.

실은 우리 집 벽에도 이게 붙어 있다. 플라타너스와 벤치 스티커다. 프랑스 등지에 있는 공원을 형상화한 것이리라. 너무 알록달록해서 솔직히 말하면 내 취향은 아니다. 가능하면 좀 더 시크하고 어른스러운 멋이 느껴지는 무늬가 좋겠다. 그래, 때를 봐서 바꿔 붙일까. ……커피를 마시며 그런 생각을 하고 있으려니 A씨가 뜬금없이 물었다.

"해설에 흥미 있으세요?"

"해설요?" 내가 어리둥절한 표정을 짓자 A씨는 말을 이었다.

"네, 해설요. 소설 해설. 실은 내년 3월에 '이사'를 주제로 한 연작단편집을 낼 예정이에요. 그 소설의 해설을 맡아주세요."

놀랐다. 다른 일을 의뢰받는 자리에서 일을 하나 더 받았다. 뭐랄까, 행운이다. 나는 테이블 아래에서 주먹을 살짝 움켜쥐었지만, 기쁨을 고스란히 표정에 드러내면 꼴불견이다 싶어 아무렇지도 않은 얼굴로 물었다.

"이사를 주제로 묶어놓은 연작단편집이라고요? 그거 재미있겠는걸요. 어떤 소설입니까? 연애? 판타지? 아니면 미스터리? 아하, 아니면 전부? 작가는 누구인데요?"

정말 기뻤던 탓인지 나는 잇달아 질문을 던졌다. A씨는 약간 당혹스러운 표정을 지었지만 커피로 입을 축이고 내 질문에 한꺼번에 답했다.

"이사에 얽힌 도시전설을 소설화한 작품이에요. 그러니 특정한 작가는 없고요. 각각 프리랜서 필자님께 의뢰해서 정리했어요."

과연. 소설 형식으로 엮은 도시전설책이라는 거로군.

"초고는 이미 나왔어요. 괜찮으시다면 바로 보내드릴게요."

*

그리하여 『이사』라는 제목의 원고를 읽게 됐다.

총 여섯 편. A씨 말로는 도시전설 중에서도 신빙성이 높은 이야기를 모았다고 한다. 확실히 들어본 것 같은 이야기가 몇 편 있었다.

예를 들면 「상자」와 「벽」. 아니, 잠깐만. 그뿐만이 아니다. 「문」과 「끈」에 등장한 맨션은 그 유명한 '원령 맨션' 아닌가? 밤이면 밤마다 노래가 들린다는 소문이 도는. 그리고 「수납장」에 나온 여자는 2년 전에 체포된 연쇄 변사사건의 범인 아닌가? 「책상」에 나온 그 남자도 그렇다. 작년에 사형이 확정된 '연쇄 식인귀'가 틀림없다.

나는 새삼 소름이 끼쳤다.

그리고 터무니없는 일을 맡았다는 생각에 사로잡혔다. 원고를 읽고 어떤 사실을 깨달았기 때문이다.

그걸 깨달았을 때 무심코 원고를 집어던졌을 정도다. 이 일은 거절하는 편이 좋겠다는 생각마저 들었다. 하지만 나는 결국 하루 벌어 하루 먹고사는 글쟁이다. 해설 원고료 오만 엔을 눈 뻔히 뜨고 놓치기는 아까웠다. 나는 원고를 주워 들었다.

단지 오만 엔에 눈이 먼 건 아니다. '그 사실'을 독자에게 알려야 한다는 사명감도 한몫했다.

그래, 이 자리를 빌려 경고하겠다. 이 책은 '읽으면 안 되는' 유의 책이다.

독자 중에는 '해설'부터 먼저 읽는 사람도 많은 걸로 안다. 원래는 권하지 않는 독서법이지만, 이 책에 한해서는 그게 옳은 일일지도 모르겠다.

다시 한번 경고한다. 이 책은 '읽으면 안 된다'.

이 작품을 읽기 전에 '해설'부터 읽은 독자는 자신의 행운에 감사해야 마땅하다. 그리고 지금 당장 책을 덮고 이 책에서 멀리 떨어지기를 권한다.

한 번 더 말하겠다.

지금 당장 책을 덮는 것이 현명하다.

그래도 계속 읽겠다는 사람은 알아서 책임을 지도록 해라.

*

문

구체적인 지명은 언급을 피하겠지만 도내 어느 지역, 흔히 세련된 거리로 유명한 B시 B역 주변에는 멋진 가게들이 줄지어 있다. 전부 여성의 마음에 쏙 들게끔 예쁘게 만들어놓아서 역에 내려선 순간 서유럽으로 날아간 듯한 착각에 빠진다. 그중에서도 한층 멋들어진 맨션이 있다. 바로 '벽돌저택 몽마르트'(가칭)다. 방송도 몇 번 탄, 여성에게 인기 있는 맨션이다. 하지만 일부 오컬트 팬들에게는 '원령 맨션'으로 알려져 있다. 3년 전, 인터넷 오컬트 게시판에 해당 맨션의 입주자가 글을 올린 것이 계기다. '아무도 없는 방에서 노래가 들린다'는 내용의 글이었다.

그러나 워낙 흔한 소재라 글이 올라온 당시는 그다지 주목받지 못했다. 하지만 이듬해, 즉 2년 전, 막 이사를 온 여성이 비상문 앞에서 사망하는 사건이 발생한다. 그 후로 이곳은 '원령 맨션'으로 단숨에 유명해졌다.

'맨션이 있는 자리는 원래 늪지였는데 창부의 시체를 많이 수장시켰다', '창부들의 원통한 영혼은 무수히 많은 돈벌레가 됐다', '돈벌레를 본 사람은 창부들에게 저주받아 죽는다' 등등 소문이 끊임없이 오갔다.

확실히 50년쯤 전까지 이곳은 커다란 늪이었다는 모양이다. 현재 역이 있는 곳도 늪이었다니까 상당한 규모다. 그 때문인지 지금도 돈벌레나 개구리 등이 가끔 출몰한다고 한다. 사실 '벽돌저택 몽마르트'에도 가끔 돈벌레 소동이 있었다는 이야기다.

하지만 올해 들어 돈벌레보다 무서운 현실이 드러났다. 점검을 위해 7층 비상문을 열자 미라로 변한 여성의 시체가 있었던 것이다. 아무래도 3년 전에 맨션에 집을 보러 온 C씨의 시체인 듯하다. 뭔가 실수로 여기에 갇혀 3년간 방치된 모양이라고 한다.

……실로 무섭다. 내게는 원령보다도 현실이 더 무섭다. 그러고 보니 내가 올가을에 이사 온 집에도 '비상문'이 있는데…… 뭐, 그건 나중에 이야기하자.

그나저나 맨션 같은 집합주택에는 소방용 설비를 점검할 의무가 있다. 규모와 예산에 따라 차이는 있겠지만, 1년에 두 번 소방용 설비를 점검해야 한다고 들었다. 그런데 어째서 3년이나 시체가 있는 줄 몰랐을까. 아무래도 부정이 있었던 모양이다. 서류상에는 소방용 설비를 점검했다고 되어 있지만 실제로는 점검하지 않았다는 것이다. 점검 비용을 관리회사가 횡령했다는 사실까지 발각돼, 뉴스에서도 크게 다루었음을 기억하는 사람도 많을 것이다.

하지만 오컬트 팬에게 중요한 건 그게 아니었다. '어디선가 들려오는 노래'의 원인이 명확해지자 게시판은 난리법석이었다. 그도 그럴 것이 '어디선가 들려오는 노래'가 비상문 안쪽에 갇힌 C씨의 애청곡이었음이 밝혀졌기 때문이다.

하지만 나는 궁금한 점이 하나 더 있었다. 사망한 C씨가 생전에 두려워했던 '오다 게이타로'에 대해서다.

오다 게이타로는 강간 및 살인 혐의로 체포된 인물인데, 아무래도 C씨는 오다 게이타로가 살던 집에 살았던 모양이다. 전에 살던 사람이 강간살인범임을 알고 부랴부랴 이사하려다 본인이 사고사하는 불행에 처하고 말았다. C씨가 오다 게이타로에 대해 알게 된 계기는 잘못 배달된 그의 우편물, 그리고 벽에 뚫린 '구멍'이었다. 처음에는 벽에 무수히 뚫린 구멍이 뭔지 몰랐지만 아무래도 '다트' 자국이었던 모양이다. 다트가 취미였던 오다 게이타로가 피해자를 표적 삼아 다트 핀을 던지며 놀았다는 사실이 재판에서 밝혀졌다.

다트. 벽의 구멍. 분명 편집자 A씨가 이사한 집에도 그런 구멍이 많다 하지 않았던가? A씨는 오다 게이타로의 놀이를 알고 있을까. 그게 몹시 궁금하다.

수납장

가이즈카 나오코를 기억하는 사람이 적지 않을 것이다.

2년 전, 같은 맨션에 사는 남성을 살해한 죄로 체포됐을 때 상당히 화제가 됐다. 저명한 일러스트레이터라는 점도 한몫했지만, 조사 결과 그녀 주변에서 남자 여섯 명이 변사했음이 발각됐기 때문이다. 모두 그녀와 교제했던 사람들로, 가이즈카 나오코는 재판에서 "남자한테서 해방되고 싶었다"라고 증언했다.

가이즈카 나오코는 아무래도 맺고 끊기를 잘 못하는 유형인 듯 고백을 받으면 딱히 호감이 없는 사람과도 사귀어서 관계를 질질 끌고 가는 경향이 있었던 모양이다. 나오코는 싱글맘 가정에서 자란 탓에 남자를 어떻게 대해야 하는지 몰랐고, 거리감도 잡지 못했다고 한다. 그리하여 남자를 거부하는 방법으로 '살해'라는 극단적인 방법을 택하지 않을 수 없었다는 이야기다.

과연, 그녀에게는 동정할 측면도 많다. '이사'함으로써 모든 것을 초기화하고 싶다는 마음도 이해가 간다.

나 또한 그렇다.

인간관계에 숨이 막히면 이사하고 싶어진다. 이사는 인간관계를 정리하기에 딱 알맞은 변명거리이기 때문이다.

내가 이번에 '이사'를 실행한 것도 바로 '인간관계'를 정리하기 위해서다.

꼭 인연을 끊고 싶은 사람이 있다. 그런데 끊지 못하고 40년이나 질질 끌어왔다. 그야말로 질긴 악연이다. ……그 사람은 형과 누나다.

한 가족이지만 정말 둘 다 최악이다. 그 인간들에게서 달아나고 싶어서 이사를 되풀이하고 있다.

이번에도 딱 걸리겠지만.

질긴 악연이란 그런 법이다.

책상

사이타마현 M시에서 발생한 '연쇄 식인귀' 사건이 해결됐을 때 범인의 정체를 알고 누구나 놀랐을 것이다.

범인은 평범한 중년 남성이었다. 여기서 말하는 평범한 중년 남성이란 '오십 대 직장인을 떠올려보라'고 하면 많은 사람들이 단번에 떠올릴, 말하자면 전형적이고 일반적인 중년 남성이다.

중간 키에 중간 몸집의 6등신, 무테안경, 표준보다 약간 큰 얼굴, 공들여 7대3 가르마를 탄 숱 없는 머리, 진한 면도 자국, 날마다 정리해고의 공포에 노출되어 있는지 약간 나쁜 안색, 그래도 체면을 차리기 위해 얼굴에 붙이고 다니는 억지웃음.

……범인 미카와 가쓰나리는 그야말로 그런 풍모의 남자였다. 그

리고 R자동차 기타사이타마 공장에 근무하는 회사원이기도 했다.

원래는 본사 소속이었지만, 출세 경쟁에서 패배해 삼십 대에 공장으로 날려 왔다는 모양이다. 형식상으로는 본사에서 공장으로 전근을 온 모양새지만, 대우는 공장에서 채용한 근로자보다 못했다고 한다. 체포되기 1년 전에는 마침내 한직으로 밀려났고 급료도 더 낮아졌다.

그러한 일들로 서서히 자존심에 상처를 받았는지 미카와는 '맛기행'에 나선다. 라면집 순례부터 시작해 결국에는 '진미'에 모든 관심이 집중됐다. 지역 사냥꾼이 잡은 멧돼지 고기를 맛본 것이 계기였다.

사이타마현 M시는 보통 R자동차 공장의 조카마치로 알려져 있지만, 대부분이 산지라 '구제' 또는 '관리'라는 명목의 야생동물 사냥이 활발한 지역이다. M시의 정육점에서는 언제든지 야생동물 고기를 구입할 수 있고, 레스토랑에서도 빈번하게 요리를 제공한다.

야생동물의 고기는 냄새도 맛도 독특해 인간이 소중히 길러낸 소, 돼지, 닭고기에 익숙한 사람에게는 약간 역하게 느껴질 수도 있다. 하지만 익숙해지면 그렇게 맛있을 수가 없다고 한다. 미카와도 거의 마약중독자처럼 야생동물 고기에 푹 빠졌던 모양이다. 덧붙여 미카와가 먹은 야생동물 중에는 '원숭이'도 포함되어 있었던 듯, 재판에서 미카와는 "원숭이를 먹은 뒤로 다른 고기에는 완전히 흥미가 없어졌다"라고 증언했다.

하지만 평소의 폭음과 폭식이 화근이었는지 미카와는 중증의 당뇨병과 통풍에 걸려 칼로리를 제한해야 했다. 먹는 것만이 삶의 낙이었던 미카와에게는 지옥보다 더한 고통이었을 것이다. 그 고통을 견디다 못해 미카와의 식욕은 폭주했다.

그렇다. '식인'으로 치달았던 것이다. 미카와는 어디서 얻은 지식인지 '인육은 만병통치약'이라고 믿었던 모양이다. 특히 젊은 여성의 고기, 그중에서도 성기 부분과 뇌를 포함한 머리. 그걸 먹으면 병도 극복할 수 있다고 여긴 걸까, 아니면 '미식혼'이 불타오른 걸까. 어쨌거나 식인에 푹 빠지고 말았다.

미카와는 재판에서 "원숭이보다 맛있는 고기가 있겠나 싶었는데, 젊은 여자 고기는 원숭이 고기를 훨씬 능가했다. 그야말로 최상의 맛, 최상의 식감이었다. 사형을 당하겠지만 그 맛을 알고 가니까 후회는 없다. 그 맛을 모르고 오래 살아가야 할 사람들이 너무 안쓰럽다. 나는 다시 태어나도 젊은 여자를 먹을 거다. 그러다 또 사형을 당할지라도"라고도 증언했다.

맛이 그 정도로 뛰어나단 말인가. 재판을 방청할 기회를 얻어보러 갔을 때, 그는 식재료로써 여자 몸의 가치에 대해 유창하게 떠들어댔다.

나는 몸이 부들부들 떨렸다. 최상의 맛을 모르고 죽어갈 사람들이 일제히 침을 꿀꺽 삼키는 소리가 들린 것 같았기 때문이다.

상자

'기타신주쿠 7대 불가사의'를 아는지?

바로 기타신주쿠라 불리는 지역에서 발생하는 일곱 가지 괴현상을 뜻한다. 이른바 '학교 괴담'의 거리 버전인데, '학교 괴담'이 그렇듯 미심쩍은 현상이 대부분이다.

하지만 딱 하나 '진짜' 괴현상이라 일컬어지는 현상이 있다. 기타신주쿠 센트럴공원 부근을 근거지로 활동하는 노숙자들 사이에서 떠도는 '괴현상'이다.

정확하게 언제인지는 불명확하지만, 어느 날 삼십 대 노숙자가 공원 근처에 있는 고층빌딩 부지에서 골판지상자를 얻었다.

고층빌딩의 공개공지인 그곳은 통칭 '분수광장'으로 불린다. 빌딩 관계자가 아니더라도 자유로이 드나들 수 있다. 하지만 아무래도 노숙자가 기거하는 것까지는 허락지 않는 듯, 조금이라도 오래 머물면 경비원이 달려오므로 노숙자들도 굳이 가까이 가려 하지 않았고 가고 싶어도 공원과 빌딩 사이를 도로가 가로지른다. 도로를 건너려면 횡단보도를 이용하는 수밖에 없는데 늘 커다란 짐을 소지하는 그들 입장에서 도로는 커다란 장애물이었다. 이른바 도로가 결계 역할을 한 셈이다.

그런데 그 결계를 가볍게 깨는 노숙자가 있었다. 기타신주쿠 센트럴공원에 흘러든 지 얼마 되지 않은 삼십 대의 신입 노숙자, D오다. 반년쯤 전까지 평범한 직장인이었다는 그는 얼핏 보기에는 노숙자 느낌이 아니다. 복장은 후줄근하지만, 디자이너나 잡지 필자 같은 분위기를 풍기므로 오피스빌딩을 어슬렁거려도 아무도 수상하게 여기지 않았다.

그걸 무기 삼아 그는 점심시간이 되면 도로를 건너 오피스빌딩의 공개공지를 돌아다니며 회사원들이 남긴 음식을 찾았다.

이 공개공지는 점심을 먹는 공간으로도 활용돼 점심시간이 되면 사원들이 먹고 남은 음식이 잔뜩 버려지기 때문이다.

부근에는 편의점도 있어 공개공지의 쓰레기통은 그야말로 보물섬이다. 다이어트에 힘쓰는 여사원들 덕분에 거의 입도 대지 않은 도시락과 샌드위치가 넘쳐난다든가.

개중에는 그가 노숙자임을 알고 마치 길고양이에게 먹이를 주듯, 남은 도시락을 건네주는 사람도 있다든가.

디지털관리과의 베테랑 파견사원 Q씨도 그중 하나였다고 한다. 다이어트 중인데도 그녀는 늘 과자를 잔뜩 산다. 하지만 사고 나서 몹시 후회가 되는지 대부분을 D오에게 준다. D오에게는 그야말로 여신 같은 존재다.

어느 날 D오는 Q씨에게 골판지상자를 받았다.

"사내 이사 때 나온 안 쓰는 물건이야. 먹을 것도 있으니까 필요하면 가져가."라고 했다. 상자는 묵직했다. 이만큼이면 당분간은 버틸 수 있겠다, 공원 동료들에게도 나누어주자, 그렇게 생각하며 열어보니 쓰레기봉투가 나왔다. 아무리 봐도 먹을 것이 아니라 잡동사니였다. 쓰레기봉투를 꺼내 속을 뒤지고 있는데 경비원이 쌩하니 달려왔다. D오는 쓰레기봉투는 놔둔 채 상자를 들고 쏜살같이 달아났다.

또 먹을 건 없을까 한동안 상자를 끌어안고 주변을 어슬렁거렸지만, 경비원이 줄곧 날카로운 눈으로 노려보았다. 하는 수 없으니 오늘은 이만 돌아가려고 육교까지 왔을 때였다. 젊은 여자가 죽일 듯한 표정으로 쫓아와 상자를 빼앗으려 했다. D오는 열심히 저항했다. 그 기세에 여자는 균형을 잃고 육교에서 떨어지고 말았다.

D오는 상자를 들고 서둘러 공원으로 돌아갔다. 하지만 바로 붙잡혀 여자를 육교에서 떠민 혐의로 경찰에 연행됐다.

그리고 상자만 남았다.

지금도 공원 어딘가에 있는 그 상자는 '저주의 상자'라 불리며 노숙자들 사이에서 공포의 대상으로 통한다.

그도 그럴 것이 상자의 내용물을 확인한 사람이 괴사하는 사건이 연달아 발생했기 때문이다.

상자 안을 보았지만 다행스럽게도 아직까지 살아 있는 노숙자의 말에 따르면, 상자 안에는 영문 모를 물건뿐이었다고 한다. 노숙자가 보기에도 쓰레기 같은 잡동사니들뿐이었다. 다만 그중에 명백하게 기이한 것이 들어 있었다. 바로 저주의 짚 인형이었다.

내가 독자적으로 조사한 바, 상자의 원래 주인은 육교에서 떨어져 사망한 사토 유미에 씨가 틀림없다. Q씨는 사내 따돌림의 타깃이었던 유미에 씨를 괴롭히기 위해 개인용품이 든 상자를 빼앗은 것도 모자라 노숙자에게 준 것이다. 참으로 음험한 따돌림이라 몸이 바르르 떨릴 지경이지만, 유미에 씨도 당하지만은 않았다. 저주의 짚 인형을 만들어 응수했던 것이다. 저주의 짚 인형에는 Q씨의 이름이 적혀 있었다.

남을 저주하면 무덤구덩이가 둘(남을 해치면 자신도 그 응보를 받으므로 무덤이 두 개 필요하다는 뜻—옮긴이)이라는 말처럼, 유미에 씨는 저주의 대가로 자신의 목숨을 내놓고 말았다.

저주를 받은 Q씨가 지금 어떻게 됐는지는 모른다.

벽

제한된 인생의 소중한 시간을 낭비한다는 면에서 이웃 사람과의 분쟁만큼 부질없는 것이 또 없다.

실은 내가 지금 직면한 문제도 바로 '이웃 사람'이다.

「문」 해설에서 살짝 언급했는데, 내가 올가을에 이사 온 곳에도 '비상문'이 있다.

구조상 아무래도 그곳에 만들 수밖에 없었겠지만, 하필이면 침실에 위치한다. 벽과 똑같은 색깔의 바깥문을 열면 은색 철문이 나타나는 방식이다.

입주할 때 이 문 앞에는 물건을 놓지 말라는 엄중한 충고를 받았다. 하지만 어쨌거나 침실이다. 그것도 다다미 넉 장 반 크기밖에 안 되는 좁은 공간. 침대를 놓으면 뭘 어떻게 해도 비상문이 막힌다. 막지 않으려면 침대를 놓지 않는 수밖에 없다. 하지만 침실이다. 방 배치도에도 분명 그렇게 적혀 있다. 그런데 침실에 침대를 놓지 말라니 뭐 어쩌라는 말인가. 일본인이면 일본인답게 이부자리라도 깔고 자라는 뜻일까. 이부자리를 깔아본들 결국 치우지도 않을 텐데, 그래서는 침대나 마찬가지라는 생각으로 침대를 놓았지만 머잖아 소방용 설비 점검일이다. 그 전까지 침대를 어떻게든 해야 한다는 것이 현재 내 고민거리지만, 그 이상으로 골치를 썩이는 것이 '횡간소음'이다.

집 구조상 비상문이 있는 쪽에 머리를 두고 잔다. 그런데 밤에 단잠을 자고 있으면 귓가에서 무슨 잡음이 들려서 늘 깬다.

아무리 생각해도 소리의 근원은 비상문 너머다. 맨션 전체의 단면도를 보면 비상문 건너편은 비상구, 그리고 그 건너편은 옆집 거실이다.

즉, 비상구 하나를 나와 이웃 사람이 공유한다. 화재 등의 비상사태가 발생하면 나와 옆집 사람이 각각 집의 비상문을 열고 같은 비상구로 달아나는 것이다.

비상문 너머에는 비상구라는 공간이 있을 뿐, 방음 설비는 딱히 없다. 따라서 옆집의 소리가 고스란히 전달된다.

낮에는 괜찮다. 나도 대부분 거실에 있으므로 옆집 소리는 들리지 않는다. 하지만 심야가 문제다. 내가 침실에서 자고 있으면 옆집 사람이 내는 소리가 바로 이쪽으로 새어 들어온다. 한창 뛰어놀 나이의 아이라도 있는지 소음이 폭주족들보다 악질이다. 폭주족은 몇 분만 참으면 지나가지만, 옆집 소음은 잦아들었는가 싶으면 다시 시작되고……의 반복이라 신경이 휴식을 취할 겨를이 없다. 덕분에 수면이 심각하게 부족한 상황이다. 이러다가는 병에 걸릴 것 같아 관리회사를 통해 항의하려 했을 때였다. 심야에 비상벨이 울리는 소동이 있었다.

"불입니다, 불입니다. 신속히 대피해주시기 바랍니다"라는 방송도 들려왔다. 갑작스레 수면을 방해받아 아직 잠에 취해 있었던 나는 멀뚱히 그 소리를 듣고만 있었다. "도망쳐!" 그런 소리도 들렸다. 비상문이 있는 벽 쪽에서였다. 하지만 비몽사몽이었던지라 나는 마치 남의 일처럼 굴었다. 나도 도망가야 한다는 마음보다 잠 좀 자게 내버려두라는 마음이 더 강했다. 수면유도제를 먹은 탓이었다.

"도망쳐!" 그 소리가 몇 번인가 되풀이됐다. 그리고 끼이이이익, 하고 묵직한 소리가 귓전에 들리는가 싶더니 덜컹, 하는 소리가 났다. 문이 닫히는 소리다. 아아, 옆집 사람이 드디어 비상문을 열고 비상구로 들어갔구나. 그럼 나도 도망쳐야지…… 하고 의식 깊은 곳에서는 생각했지만, 아무튼 졸려서 몸이 축 늘어졌다. 이대로 죽어도 좋아. 자게 놔둬. 잘 수만 있다면 이대로 통구이가 되어도 상관없어.

하지만 나는 죽지 않았다. 여느 때와 다름없이 동창으로 비쳐드는 아침 햇살을 받고 일어났다. 쾌적한 기상이었다. 집이 불탄 흔적도 없었다. 그 비상벨은 꿈이었나? 그런 것 치고는 묘하게 실감 났다.

그렇다, 꿈이 아니었다. 관리회사에서 현관문 투입구에 알림장을 넣어두었다. '착오가 있어 소방 시스템이 작동했다'는 취지의 내용이었다.

아아, 그렇구나. 이런 실수도 일어나는구나…… 하고 안심하다가 문득 궁금해졌다. 옆집 사람은? 비상벨이 울린 것이 꿈이 아니라면, 옆집 사람이 비상문을 열고 비상구로 들어간 것도 꿈이 아니리라. 그다음에 어떻게 됐을까? 소음 문제도 있다. 나는 관리회사에 전화해 옆집에 대해 물어보았다. 그러자 관리회사 담당자는 뜻밖의 대답을 꺼내놓았다.

"옆집인 501호실은 현재 비어 있는데요."

어? 무슨 소린가.

"실은 예전에도 늦은 밤에 비상벨이 울리는 소동이 있었습니다. 그때는 실제로 불이 났어요. 501호실에서요. 어린아이의 불장난이 원인이었죠. 라이터를 사용했던 모양이에요. 그날 501호실에는 초등학교 저학년 아이와 세 돌도 안 된 아이 둘뿐이었습니다. 네, 맞습니다, 아동방임. 부모는 아이들을 집에 남겨두고 장기 여행을 떠났다는데, 말이 그렇지 아이들을 버린 거죠. 전기세, 수도세, 가스비 전부 밀렸고, 전기와 가스는 끊겼던 모양입니다. 그래서 방을 밝히려고 라이터를 사용한 것 같아요. 그런데 그 불이 이불에 옮겨붙어서…….

아이들 나름대로도 비상구로 도망쳐야 한다고 생각했겠죠. 함께 비상문을 열고 비상구로 뛰어든 건 좋았는데, 그 다음 방법을 몰랐어. 결국 갇혀서 다음 날 시체로 발견되고 말았습니다. 숯덩이가 된 상태로요. 어두워서 그랬는지 아이들이 또 가지고 있던 라이터를 사용한 거겠죠. 그러다 불이 옷에 옮겨붙지 않았겠냐던데요. 참 가슴 아픈 사건이었어요."

그런 사건이! 그래서는 심리적으로 하자물건(부동산의 거래 당사자가 예상하지 못한 물리적, 법률적 결함이 있는 부동산—옮긴이)이 아닌가! 왜 사전에 설명해주지 않았던 거지.

"그게, 옆집에서 일어난 일이라 그럴 의무는 없습니다."

뭐, 그건 그렇지만. 그래도 그렇지.

……응? 통화를 하다가 비상문 쪽 벽에 붙은 벽 스티커가 시야에 스윽 들어왔다. 여기로 이사 온 후로 줄곧 거슬렸던 플라타너스와 벤치 모양 스티커. 나는 통화를 마친 후 그 스티커를 벗겨내 보았다.

그 밑에는 갈색으로 변색된 '얼룩'이 있었다. 자세히 관찰하니 사람 형체 두 개로 보이기도 했다. ……그렇다, 두 아이의 형상이다.

끈

여기에 등장하는 맨션이 「문」 해설에서 설명한 대로 어떤 세련된 거리에 위치한 '벽돌저택 몽마르트'(가칭)라는 사실은 독자들도 이미 알고 있을 것이다.

편집자 A씨 말에 따르면 이렇다.

"「끈」이라는 제목은 돈벌레를 가리키지만 「링크」라는 의미이기도 해요."

링크라는 단어를 사전에서 찾아보면 '연쇄, 연결하는 일'이라는 설명이 나온다. 즉, 어떤 것과 어떤 것을 연결함으로써 무관한 것들끼리 연관 짓는 걸 '링크'라고 한다.

이 어휘가 일반화된 건 인터넷의 보급 때문이다. 그 전까지 일본에서 이 단어는 그리 흔하게 사용되지 않았다. 인터넷이 일반인들에게 갓 보급된 20년쯤 전까지만 해도 '링크'라고 하면 어리둥절해하며 어떻게 해석해야 좋을지 골머리를 앓는 것이 보통이었다.

당시 나는 '과학기술 필자'라는 타이틀을 내걸고 컴퓨터와 인터넷 해설서를 쓰고 있었는데, 미국에서 도입된 새로운 시스템을 어떻게 일본어로 번역할지를 두고 매일 격투를 벌였다. 번역한 단어가 되레 무슨 뜻인지 통하지 않는 상황도 많았다. 지금은 당연시되는 '입력'이라는 단어조차 좀처럼 이해를 못해 '입력이란 무엇인가'라는 부분부터 설명해야 하는 시대였다.

컴퓨터나 워드프로세서 조작법을 설명하는 것만으로도 고생이었는데, 1990년대 후반에 인터넷이 세상에 보급됐다. 인터넷은 원래 미국에서 군사용으로 개발된 시스템으로, 역사는 오래됐지만 일반인들에게 보급된 것은 이 무렵이었다. Windows95의 발매가 하나의 계기다.

일본의 일반인들에게는 그야말로 미지의 시스템이 등장한 셈이다. 흑선이 내항(1853년 미국의 제독 매튜 C. 페리가 이끄는 미국 해군 동인도 함대의 함선 네 척이 일본에 내항한 사건—옮긴이)해 미지의 말이 성난 파도처럼 쏟아져 들어왔을 때와 비슷한 상황인지도 모르겠다. 낯선 외래어를 어떻게 일본어로 바꿀 것인가. 그와 완전히 똑같은 사태가 인터넷 여명기에도 발생했다. 아무튼 전자메일이라는 개념도, 인터넷주소라는 개념도, 사이트라는 개념도 없던 시절이다. 인터넷이 어떻게 연결되는지를 설명하고, 웹페이지가 어떻게 표시되는지 해설해야 했다. 물론 지금도 뭐가 어떻게 돌아가는지 완벽하게 알고 인터넷을 사용하는 사람은 얼마 안 되겠지만 (그렇게 까다로운 걸 모르고도 누구나 인터넷을 이용할 수 있는 시대가 됐지만), 당시는 기본부터 설명하지 않고서는 인터넷을 능숙하게 다룰 수가 없었다.

설명할 때 제일 고민스러웠던 게 '링크'였다. 나는 '끈 묶기'라는 표현을 사용해서 설명했다. 카드와 카드를 끈으로 연결함으로써 카드에서 카드로 순식간에 이동할 수 있는 방식이라 설명했다고 기억한다. 지금 돌이켜보면 참으로 번잡해, 오히려 이해하기힘들었을 것 같아 부끄러울 따름이다. 지금이라면 그런 설명 없이도 링크를 클릭하면 다른 곳으로 이동한다는 것쯤, 기술상의 방법은 모르더라도 누구나 이해하고 있다.

하지만 개중에는 궁금해하는 사람도 있지 않을까. 왜 주소만 넣으면 전혀 다른 곳으로 이동할 수 있는지.

그걸 설명하려면 'HTML'이라는 시스템부터 설명해야 한다. 'HTML'은 컴퓨터 언어 중 하나로, 웹페이지는 전부 '언어'에 따른 명령으로 제어된다. 예를 들어 '이사'라는 제목의 페이지에 링크를 걸 때는 '⟨a href="http://×××/××/××"⟩이사⟨/a⟩'라는 명령을 한다. 대부분의 경우 표면상으로는 '이사'라는 글자에 밑줄이 그어질 뿐이지만, 그 뒤편에서는 기다란 명령어가 쓰인다. 그걸 확인하기도 간단하다. '소스' 표시를 선택하면 된다. 적당한 웹페이지를 열어 '페이지 소스를 표시한다' 등의 메뉴를 클릭하면 머리가 어질어질할 만큼 숫자와 알파벳이 나열될 것이다. 그게 그 페이지의 정체랄까, 맨얼굴이다. 이렇듯 나열된 기호들이 브라우저라는 소프트웨어를 통해 우리에게 익숙한 웹페이지가 되는 것이다.

아무리 냉철하거나 화사한 웹페이지도 한 꺼풀 벗기면 나열된 기호들이 나타난다. 인간도 가죽과 살을 떼어내면 누구나 똑같이 해골이 되는 것과 마찬가지다.

자, 이 'HTML'을 주야장천 입력하는 직업이 존재한다. 일반적으로 '시스템엔지니어(정확하게는 HTML코더)'라 불리는 사람들인데, 이 작업이 참으로 가혹하다. 무엇을 감추랴, 나도 때때로 동원된다. 내 본업은 '글쟁이'지만 일이 없을 때를 대비해 파견업체에 등록해두었는데, 요즘은 이쪽 일이 더 많아지고 말았다.

내 주 업무는 '태그 적용'이다. '태그'라 불리는 기호나 문자열을 입력 또는 수정하는 업무인데, 이 또한 중노동이다. 눈은 침침하고, 어깨는 뻐근하고, 무엇보다 정신적 스트레스가 심하다. 그 탓인지 장난을 치고 싶어진다. 나도 가끔 그러는데, 웹페이지에는 나타나지 않도록 몰래 낙서를 한다.

예를 들면 코멘트 아웃이라고 불리는 것이 있다. '<!--' '-->'라는 두 가지 태그로 감싸인 문자열은 브라우저에서는 표시되지 않으므로, 이걸 이용해 HTML문서에 표시나 메모를 남기는 것을 가리킨다. 태그 구조와 페이지 구성을 알기 쉽게 메모해두기에 아주 편리하다. 하지만 브라우저에서는 표시되지 않는다는 걸 악용해 불평이나 험담 등 낙서를 하는 사람도 없지는 않다.

자. 「끈」에도 등장한 어떤 지역 미팅 웹사이트. 그 페이지의 소

스를 표시하면 깜짝 놀랄 만한 글이 드러난다. 페이지의 끄트머리, '〈!--' '--〉'으로 감싸인 부분이다. 거기 적힌 문자열을 그대로 아래에 인용하겠다.

〈!--사신을 만나는 방법을 알려드리겠습니다. 눈을 감고 자기 집에서 제일 가까운 역을 떠올리십시오. 거기를 출발점으로 집까지 걸어오십시오. 다만 평소와는 다른 길로요. 자, 집에 도착했습니다. 집 앞에 누가 있지 않습니까? 그 사람이 뭔가 들고 있지 않습니까? 그 사람이 사신입니다. 그 사신이 들고 있는 물건이 원인이 되어 당신은 죽습니다.--〉

위의 문자열을 한 남성이 우연히 발견했다. 그는 '왕 아웃사이더'라는 닉네임으로 오컬트 게시판에 글을 올렸지만, 도중에 글이 뚝 끊겼다. 그는 어떻게 됐을까.

*

자, 『이사』에 실린 단편 여섯 편에 대한 해설은 이것으로 마치겠다.

이제 '그 사실'에 대해 언급해야 한다.

독자 여러분도 눈치챘을까?

이 여섯 단편에 공통적으로 등장하는 이름이 있다는 사실을.

그렇다. '아오시마 씨'다.

이 책 곳곳에 등장하는 '아오시마 씨'야말로 '사신'이다. 그 증거로 아오시마 씨가 있는 곳에서는 반드시 사람이 죽는다.

아오시마 씨와 마주치는 순간 죽음의 그물에 걸리는 셈이다.

어떤 지방에서는 그 이름만 봐도 저주를 받는다고 일컬어질 정도다.

당신 주변에는 '아오시마 씨'가 없는가? 혹시 있다면 그 '아오시마 씨'는 사신이 아닐까?

부디 사신과는 마주치지 않도록 조심하기 바란다.

가장 중요한 사실을 전했으니 이만 펜을 놓겠다.

아오시마 사부로

* 이 작품은 픽션입니다. 따라서 '아오시마 씨'라는 사신은 존재하지 않습니다.

옮긴이의 말

마리 유키코 종합선물세트

역자 후기에 이런 내용은 잘 적지 않지만 일단 개인적인 자랑으로 시작해보고자 한다. 마리 유키코는 기억하지 못할지도 모르겠으나 사실 나는 번역가로서 첫발을 내디뎠을 무렵(2009년 말)에 마리 유키코와 잠시 메일을 주고받은 적이 있다.

계기는 바로 마리 유키코의 여섯 번째 작품인『살인귀 후지코의 충동』이다. 나는『살인귀 후지코의 충동』을 읽고 흥미를 느껴 마리 유키코의 작품을 섭렵한 끝에 팬레터까지 보내고야 말았다.

마리 유키코는 내 지리멸렬한 일본어 메일을 읽고 고맙게도 답장을 보내주었고, 나는 마리 유키코의 작품을 국내에 소개하고자 마음먹었다. 그리하여 2013년에 내가 번역한『살인귀 후지코의 충동』으로 마리 유키코의 작품이 국내에 처음 소개된다.

그로부터 7년이 지난 현재, 국내에 소개된 마리 유키코의 작품은 총 다섯 편이다. 그 다섯 편은 전부 마리 유키코의 정체성을 상징하는 '이야미스' 장르다.

이야미스란 인간의 어두운 측면을 가차 없이 그려내기에 읽고 나면 기분이 찜찜하고 불쾌해지는 미스터리를 가리키는데, 논리적인 추리나 사건 해결보다 인간 내면의 어두운 심리 묘사에 중점을 두고 범죄 및 사회 현상을 그려내는 것이 특징이다. 미스터리 평론가인 센가이 아키유키千街晶之는 많은 이야미스 작가들 가운데 마리 유키코를 가리켜 '유일무이하니 특이한 존재감, 달리 표현하자면 요기妖氣를 발하는 작가'라고 말한다. 그 정도로 마리 유키코는 이야미스라는 장르에서 자신만의 영역을 개척했다고 말할 수 있다. 특히나 여자 사이의 미묘한 심리를 그려내는 데 일가견이 있다고 평가받는다.

하지만 이번 작품 『이사』는 작가의 이전 작품들과는 약간 방향성이 다르다.

일본 아마존에 '실화괴담'을 검색해보면 '실화괴담'이나 '괴담실화'라는 문구가 붙은 책들이 죽 뜬다. 이는 특히 일본에서 유행하고 있는 장르인데, '창작'과는 달리 '실화'를 토대로 한 괴담을 말한다. 다만 여기서 중요한 건 그러한 일이 실제로 있었느냐가 아니다. 예를 들자면 어떤 사람이 본 것이 진짜로 귀신인지보다는, 진짜든 가짜든 그 사람이 그러한 체험을 통해 무서움을 느꼈는지가 중요하다. 요컨대 일상 속에서 그럴듯한 상황을 연출해 실감 나는 공포를 선사하는 장르다. 그리고 이번 마리 유키코의 『이사』는 그러한 점에서 '실화괴담'과 일맥상통하는 면이 있다.

앞서 『이사』는 작가의 이전 작품들과는 방향성이 약간 다르다고 말한 바 있다. 이번 작품에서 마리 유키코는 자신의 주력인 '이야미스'적인 측면을 살짝 내려놓고, 등장인물들이 겪는 상황을 통해 오싹한 느낌을 자아낸다. 그리고 그 상황이 바로 '실화괴담' 같은 느낌을 준다. 다르게 표현하자면 인터넷 공포게시판 같은 곳에서 볼 수 있을 법한 괴담을, 마리 유키코의 색채를 입혀서 그려냈다고 할 수 있겠다. 그럼에도 단순한 괴담으로 그치지 않고 마리 유키코의 여러 측면이 잘 드러난다. 몇몇 단편에서는 미스터리 작가로서의 면모를 발휘했고, 몇몇 단편에는 호러 요소가 가미되어 있다. 어떤 단편에서는 작가의 주력인 이야미스적인 요소도 엿보인다. 그야말로 마리 유키코 종합선물세트라고 할 수 있겠다.

그리고 이렇듯 자신만의 색채를 유지하면서도 작품들을 전부 '이사'라는 그릇에 담아낸다. '집 찾기', '짐 정리', '새로운 이웃' 등 이사와 관련된 요소, 누구나 한 번은 경험할 만한 일이 어느 순간 공포로 돌변한다. 그리고 실생활에 가까운 일이기에 그 공포가 더욱 섬뜩하게 다가온다.

마리 유키코의 또 다른 작품을 기다려온 애독자라면 『이사』에서 마리 유키코의 색다른 모습을 볼 수 있을 것이다. 그리고 마리 유키코 입문자라면 이 작품을 애피타이저로 맛보는 것도 좋지 않을까 싶다.

어쨌거나 마리 유키코는 마리 유키코, 독자들의 가슴속에 결코 잊지 못할 톡 쏘는 맛을 남겨줄 테니 『이사』와 함께 마리 유키코 월드에 빠져보시기 바란다.

2020년 6월
김은모

옮긴이 김은모

경북대학교 행정학과를 졸업했다. 옮긴 책으로는 야마시로 아사코의 『내 머리가 정상이라면』, 이사카 고타로의 『화이트 래빗』 『후가는 유가』, 고바야시 야스미의 『앨리스 죽이기』 『도로시 죽이기』, 누쿠이 도쿠로의 『미소 짓는 사람』 『프리즘』을 비롯하여, 미쓰다 신조의 '작가' 시리즈, 아비코 다케마루의 '하야미 삼남매' 시리즈 등이 있다.

이사

초판 1쇄 2020년 8월 11일
초판 2쇄 2020년 9월 22일

지은이 마리 유키코
펴낸이 박진숙 | **펴낸곳** 작가정신
편집 황민지 김미래 | **디자인** 이아름
마케팅 김미숙 | **홍보** 정지수 | **디지털콘텐츠** 김영란 | **재무** 오수정
인쇄 및 제본 한영문화사

주소 (10881) 경기도 파주시 문발로 314
대표전화 031-955-6230 | **팩스** 031-944-2858
이메일 editor@jakka.co.kr | **블로그** blog.naver.com/jakkapub
페이스북 facebook.com/jakkajungsin | **인스타그램** instagram.com/jakkajungsin
출판 등록 제406-2012-000021호

ISBN 979-11-6026-184-4 03830

이 도서의 국립중앙도서관 출판시도서목록(CIP)은 서지정보유통지원시스템 홈페이지(http://seoji.nl.go.kr)와 국가자료공동목록시스템(http://www.nl.go.kr/kolisnet)에서 이용하실 수 있습니다.
(CIP제어번호 : CIP2020024557)